北京大學《儒藏》編纂與研究中心 編

《儒藏》精華編選刊

和靖尹先生文集

〔宋〕尹 焞 撰
周生春
吴永明 校點
孔祥來

北京大學出版社
PEKING UNIVERSITY PRESS

圖書在版編目(CIP)數據

和靖尹先生文集 / (宋)尹焞撰；北京大學《儒藏》編纂與研究中心編. --北京：北京大學出版社，2025.4. --(《儒藏》精華編選刊). --ISBN 978-7-301-29241-9

Ⅰ. I214.412

中國國家版本館CIP數據核字第20254PU138號

書　　名	和靖尹先生文集 HEJINGYIN XIANSHENG WENJI
著作責任者	〔宋〕尹焞 撰 周生春　吴永明　孔祥來 校點 北京大學《儒藏》編纂與研究中心 編
策劃統籌	馬辛民
責任編輯	周　粟
標準書號	ISBN 978-7-301-29241-9
出版發行	北京大學出版社
地　　址	北京市海淀區成府路205號　100871
網　　址	http://www.pup.cn　　新浪微博：@北京大學出版社
電子郵箱	編輯部 dj@pup.cn　總編室 zpup@pup.cn
電　　話	郵購部 010-62752015　發行部 010-62750672 編輯部 010-62756694
印 刷 者	三河市北燕印裝有限公司
經 銷 者	新華書店 650毫米×980毫米　16開本　9.25印張　110千字 2025年4月第1版　2025年4月第1次印刷
定　　價	40.00元

目録

校點説明

尹焞（一〇七一——一一四二），字彦明，一字德充，洛陽（今屬河南）人。河内先生尹源之孫，河南先生尹洙姪孫。少孤，奉母陳氏以居，師事伊川程頤。應進士舉，策問《議誅元祐黨人》，不對而出，不復就舉。頤没，聚徒洛中，爲學者所宗。北宋欽宗靖康初，以种師道薦，召至京師，不欲留，賜號「和靖處士」。南宋高宗紹興間，以崇政殿説書召，侍講經筵，歷任祕書郎、試祕書少監、試太常少卿兼崇政殿説書，權禮部侍郎兼侍講，官至徽猷閣待制、提舉萬壽觀兼侍講，以待制提舉江州太平觀轉一官致仕。紹興十二年十一月，卒於會稽。尹焞著有《尹和靖集》、《論語解》、《孟子解》等，《宋史》卷四百二十八有傳。

尹焞繼承了程頤的思想，治學態度嚴謹，堅守師説，認爲先聖遺書，雖以講誦而傳，或以解説而陋；他以玩味、涵養、踐履作爲學問的途徑，並以曾子自我期許，在一個「魯」字上下功夫，主張「學貴於力行，不貴空言」。

尹焞的文集南宋即有刻本。按明隆慶本所録南宋理宗景定間劉承題跋：嘉定九年（一二一六），王涔刊《壁帖》及《語録》。越十年，林介復刊《文集》，分《年譜》一卷、《奏劄》一卷、

《詩文壁帖》一卷、《附集》一卷。《語録》、《文集》始藏之庾司，後歸板於書院。劉承校正、鋟補五百餘字。明隆慶中，蘇州知府蔡國熙廼次第其《文集》而翻刻之，隆慶本即是從宋本翻雕（隆慶本蔡國熙序）。

其文集多見録於南宋以來官私諸書目。如南宋陳振孫《直齋書録解題》卷十八、元馬端臨《文獻通考》卷二百三十八著録《尹和靖集》一卷、《附集》一卷，明高儒《百川書志》卷十二著録《尹和靖文集》一卷、《附録》一卷、《年譜》一卷，明焦竑《國史經籍志》卷五著録《尹焞集》二卷，明孫能傳《内閣藏書目録》卷三著録《和靖先生文集》二册，明祁承㸁《澹生堂藏書目》集部上著録《尹和靖集》二册，明末清初季振宜《季滄葦藏書目》著録宋《和靖尹焞集》三卷，明末清初黄虞稷《千頃堂書目》卷二十九著録《和靖先生文集》十卷，清馬瀛《唫香仙館書目》卷四著録《和靖集》十卷，清丁丙《善本書室藏書志》卷二十九著録《尹和靖先生文集》六卷。

目前傳世的尹焞文集均源自宋本，主要有以下諸種：明嘉靖九年（一五三〇）刻《和靖尹先生文集》十卷、《附録》一卷，現藏國家圖書館等處，上海圖書館所藏無《附録》。明天啓刻本、清刻本和清抄本《和靖尹先生文集》十卷、《附録》一卷，現藏國家圖書館、上海圖書館和浙江大學圖書館。明隆慶三年（一五六九）所刻《和静先生文集》三卷、《附集》一卷，現藏浙江圖書館等處。明刻本《和静先生文集》四卷，現藏上海圖書館，湖南省圖書館所藏有清王禮培批校。明刻宋王時敏輯、丁丙跋本《和静先生文集》四卷、《附集》一卷，現藏南京圖書館。清抄本《和靖尹先生文集》八卷，現藏浙江圖書館、河南省圖書館。（以上見《中國古籍善本總目》）以及《四庫全書》本《尹和靖文集》八卷等。

上述版本大致可分爲兩大系統。其一乃嘉靖本、天啓本、四庫本等十卷本和八卷本（無《附集》）《和靖尹先生文集》，均源自嘉靖本。嘉靖本廼紹興知府洪珠「裒拾其文集」，梓之尹焞祠中（見卷末洪珠《刻尹和靖文集後序》）。其二爲隆慶本和明刻四卷本《和静先生文集》。隆慶本乃蘇州知府蔡國熙次第宋林介所刊《文集》而翻刻之，無嘉靖本系統所收《師説》。丁丙跋明刻四卷本比隆慶本多出《會稽師説》一卷。《會稽師説》與嘉靖本系統同，當係從後者補入。兩相比較，以嘉靖本系統流行較廣。

此次校點，以《宋集珍本叢刊》影明嘉靖九年洪珠刻本爲底本（遇字跡漫漶不清處，則據《基本古籍庫》圖像版嘉靖本補正，文中不再一一出校説明），以浙江圖書館所藏明隆慶三年蔡國熙刻本（簡稱「隆慶本」）、南京圖書館所藏丁丙跋明刻本（簡稱「南圖本」）爲主要對校本，間亦參考天啓本等其他版本。底本目録與正文標題互有詳略，多不對應，今按出版體例予以統一。如目録之題較詳者，則依目録改正文，並出校説明；如正文之題較詳者，則改目録從正文，不再出校。

此次校點得明旭博士協助甚多，特此致謝。

校點者　周生春　吴永明　孔祥來

刻尹和靖先生文集叙

宋尹和靖先生旅卒于越，迄今無祠之者。莆田西淙洪公出牧兹土，恒以顯賢導俗爲務，廼仍廢寺改新祠，比社學爲一區，以興仰止。間復梓其文集，以著終始。蓋欲人兼考其行而則之也。予嘗展讀終集，見其無往而非確實之心，無言而非確實之言，百世之下猶可想見敦篤儀範，而欲薰炙之也，况當世乎？譬諸布帛菽粟較之膏粱文繡，一時氣味采色雖或好尚同異，求其一家不可以一日缺，天下不可以一人無，人用之而人不厭，日用之而日見其可欲也，膏粱文繡果有是乎？夫知菽粟之若膏粱，知布帛之若文繡，其所見猶常見也。知菽粟之即膏粱，知布帛之即文繡，其見道也幾矣！和靖百載之下有是不惑者，其幾人乎？昔和靖嘗自道曰：「曾子以魯，焞平生得力亦惟以魯。」和靖不自欺也，而肯欺百世乎？故魯也者，確實之體而造道之器也。學者由尹子則可以入程子矣，由曾子則可以入孔子矣，由孔子則可以入天地矣。確實也者，天地之恒心，而元氣之根本也。天地非確實不立，聖賢非確實不成，萬物非確實不生，風俗非確實不正。不由確實而飾辭絢功者，皆僞學也。非天地之誠，君子不貴也。西淙與我寧貴之乎？誦斯集者，蓋反以自考。西淙名珠，字玉方，辛巳進士。觀其所尚，則可知其所立。予不欲言之，西淙亦不欲言之，同歸確實而已矣。西淙曰：「其神當宗，其言當紀，其藏不可没也。」尚當立石龍瑞山原，以表真儒之墓。

嘉靖九年六月望，白鹿山人蔡宗兖書。

和靖尹先生文集卷之一

年　譜❶

神宗皇帝熙寧四年辛亥

是歲七月，辛未日戊戌時。先生生于河南府河南縣嘉善坊之第。祖，河内先生諱源，字子漸。叔祖，河南先生諱洙，字師魯。皆有文集行于世。考，虞部員外郎諱林。妣，陳氏，澗上陳公廙字叔易之女。

五年壬子　　六年癸丑

七年甲寅　　八年乙卯

九年丙辰　　十年丁巳

元豐元年戊午

先生年八歲，丁虞部憂。

二年己未　　三年庚申

❶「年」上，隆慶本、南圖本有「和静先生」四字。

四年辛酉　　五年壬戌

六年癸亥　　七年甲子

八年乙丑

哲宗皇帝元祐元年丙寅

先生年十六。

二年丁卯

先生年十七，爲舉子。時教授蘇昞季明一見大奇之，謂先生曰：「子以狀元及第即學乎？唯復科舉之外更有所謂學乎？」先生疑。❶一日，蘇因會茶，舉盞以示曰：「此豈不是學？」❷先生遂往見伊川先生。

三年戊辰

伊川先生授先生以《大學》、《西銘》，又令看「敬」字。

四年己巳❸　　五年庚午

❶「疑」下，隆慶本有「之」字。

❷「學」，原作「舉」，據隆慶本、南圖本改。

❸天啓本將下文「先生年十九，應進士舉」事繫於此年之下。

先生年十九，應進士舉，策問「誅元祐黨籍」。先生嘆曰：「以此策士，吾尚可以干禄乎？」不對而出，告於伊川曰：「吾不復應進士舉矣。」伊川曰：「汝有母，何以爲養？」先生歸，白陳夫人曰：「焞昨應舉，策問如此。焞不忍答而出，焞將不復應舉矣，恐無以爲養。」夫人曰：「汝以仕可爲善耶？汝以學可爲善耶？」先生曰：「皆爲善爾。」夫人曰：「吾但知汝以善養，不知以禄養。」先生喜，出告伊川，伊川曰：「賢哉母也！」

六年辛未

先生學《易》於伊川。

七年壬申

先生年二十二，娶張氏。

八年癸酉

紹聖元年甲戌四月十二日改元

二年乙亥　　三年丙子

四年丁丑

伊川先生謫涪州。

元符元年戊寅六月一日改元

二年己卯　　三年庚辰

徽宗皇帝建中靖國元年辛巳

先生年三十一。

崇寧元年壬午　二年癸未

三年甲申　四年乙酉

五年丙戌

伊川先生以《易傳》授先生。

大觀元年丁亥

先生年三十七。新學日興，諫官范致虛上言曰：「程頤倡爲異端，尹焞、張繹爲之羽翼。」

二年戊子　三年己丑

四年庚寅

致和元年辛卯　二年壬辰

三年癸巳　四年甲午

五年乙未　六年丙申

七年丁酉　八年戊戌

重和元年　二年己亥

宣和元年三月一日改元

二年庚子　　三年辛丑

四年壬寅　　五年癸卯

六年甲辰　　七年乙巳

欽宗皇帝靖康元年

是歲九月，鎮洮軍節度使、同知樞密院事、京畿河北東路宣撫使种師道上表薦先生，乞召寘經筵。❶劄子云：臣竊惟陛下自臨御以來，德政更新，中外人才凡爲公論所與者，無不收用，况於尚德之選？苟有其人，理不可遺。伏見河南府布衣尹焞，故尹源之孫，尹洙之姪孫，學專師古，行足勵俗，潛心允蹈，踰三十年，西都學者皆稱仰之。未嘗應書，不求仕進。若蒙召致，俾預講説，必有補益。臣非職事，素所深知，冒昧薦聞，不勝惶懼之至。取進止。有旨召赴闕，令河南府以禮津遣。先生辭曰：「欲寡過而未能，安足以上副此遣？」❷河南府守臣王襄引孔子「不俟駕」之語促行，先生曰：「焞草萊之臣，不敢當。『君命不俟駕』，此孔子當位時事。若不在其位，則不然也。」王襄曰：「先生辯矣。」再有旨促召，先生不得已至闕，又謝不敢朝，上知不能留也。十月，詔賜「和靖處士」，放還山。告詞云：勅西京布衣尹焞，慶曆間有賢臣焉，朕不見也。每覽國史，高其節概。爾能力學操行，以世其家，甘貧守約，不競榮利，是亦可嘉矣。用錫美名，式勸頹俗，爾其以行義教鄉里，使有矜式焉，則予惟爾嘉可，特賜「和靖處士」。靖

❶「寘」，天啓本作「赴」。

❷「遣」，隆慶本作「選」。

康元年九月日，中書舍人劉正行。❶ 户部尚書梅公執禮、兵部尚書孫公傳、御史中丞吕公好問、户部侍郎邵公溥、中書舍人胡公安國、諫議大夫徐公秉哲又同奏，乞特加職擢。奏曰：臣等伏見河南布衣尹焞，德備中和，學窮根本，言動惟時，皆可師法，器識宏遠，可以任大。臣等淺陋，不足以盡知，然近來招延之士，無出其右者。昨蒙朝廷特召，河南府津遣赴闕，伏聞命之「處士」以歸。使焞韜藏國器，不爲時用，未副朝廷仄席求賢之意，伏望聖慈特加職擢，以慰天下士大夫之望。謹録奏聞，伏候敕旨。

二年丙午，金人陷洛陽。

先生闔門遇害，張夫人與子均俱死于賊。先生死而復甦，門人潛載以逃，尋訪尹氏遺族，遇先生之弟武功府君燭，及武功夫人全氏携姪塤逃匿民舍。時亂兵間，尹氏僅存者先生與燭、塤三人耳。塤時甫八歲，❷後以先生郊恩補將仕郎，❸終於通判金州。先生傷重不能行，家人舆舁，匿山谷間。

高宗皇帝建炎元年丁未

先生年五十七，在長水山中。

---

❶ 隆慶本無此《告詞》，但引折彦質、邵澤薦和靖語云：「徽猷閣待制、樞密都承旨折彦質薦曰：『西都人士淵藪，上下服其學行，足以繼横渠、伊川之後。』邵澤攝宣撫使，薦以『行義純固，可爲師表』。」又注曰：「按孫逢吉舊跋，云皆未見全篇。」

❷ 「歲」，原漫漶不清，據隆慶本補。

❸ 「郊」，原漫漶不清，據隆慶本補。

二年戊申

先生在長水山中。長安陷，劉豫僭號，使其僞帥趙減，❶卑詞厚禮，儀從甚盛，以兵劫先生于山中。先生抗罵不屈，夜徒步渡渭，携堧及邢氏女潛匿㽉水谷中。

三年己酉

先生在㽉水。

四年庚戌

先生自秦中至永興軍黄蓋谷。

紹興元年辛亥

先生年六十一。

二年壬子

先生隨楊彦中入蜀，至閬州。時張公浚宣撫川陝，門人吕稽中爲計議官，延請館先生于閬中，遂至遂寧，復往瀘南子婿邢純官所，又過戎溆。七月二十五日，有《題伊川易傳後語》。

三年癸丑

❶ 「帥」，原作「師」，據隆慶本及《附集》卷一〇改。

先生往來至巴中廣安軍，❶弟燭武功府君卒于廣安。

四年甲寅

七月二十三日，邢純監涪陵酒稅，復迎侍先生以往。先生寓館於涪州千福院。十二月望日，門人馮忠恕來，有《題馮聖先墓銘跋語》。

五年乙卯

先生寓涪，扁一室曰「六有齋」，名所居曰「習堂」。六月十五日，左朝奉大夫、充徽猷閣待制、提舉建隆觀兼史舘修撰、兼侍講、兼資善堂翊善范冲，舉先生自代。有旨：「尹焞召赴行在，仍令川陝宣撫司以禮津遣。」九月十二日，左朝奉大夫、充徽猷閣待制、提舉建隆觀兼史舘修撰、兼侍講、兼資善堂翊善臣范冲再奏：「蜀道雖通，然行旅艱難，自非州郡委曲津遣，無緣起發。」十三日，三省同奉聖旨：「令川陝宣撫司差撥人船，優給路費，以禮敦遣前來，赴行在所。」十月初三日，宣司發省劄至涪州。時涪守李瞻備禮至千福院津遣，先生申宣司辭免。二十八日，宣司再牒涪州，備坐聖旨指揮，差撥人船，以禮津遣。先生再申宣司，乞備録奏免。時上謂侍臣曰：「昔召程頤，蓋自布衣除崇政殿説書。」十一月六日，遂降旨：「尹焞特授左宣教郎，除崇政殿説書。仍令川陝宣撫司依累降指揮，加禮津遣，赴行在所。」十一月

---

❶「至巴中」，隆慶本、南圖本作「巴中至」。

二十七日，宣司准入内内侍省御前金字牌，并御前實封劄子，❶付下左宣教郎説書告，并差幹辦官蔣世雄來涪州尋訪先生居處，催促起發。涪守李瞻申：「尹處士獨處一室，嘉遯養浩，志尚高潔，邦人莫得而見，非有司文移可致。」

六年丙辰

正月，宣司差官委夔路運副韓固、運判王肇、知涪州李瞻詣先生之廬，備禮再三，勸勉起發。十三日，先生以告繳納涪州軍資庫，再申宣司辭免。三月六日，又降旨促召。四月六日，又准省劄催促。五月七日，宣司再得旨催促，及又差使臣史誠等解袍笏等來。先生不受，仍以繳納涪州軍資庫。八月十八日，有《跋馮聖先墓銘後序》。自五月以來，宣司所差官日夕候門不敢去。至九月十七日，先生迫不得已，登舟啓行。❷又申制司，以病不敢受誥，❸乞於前路聽候指揮。先是伊川先生有祠在涪之北巖，九月二十五日，先生以文告于伊川之祠而行。❹其文云「有補於世則未也，不辱其門則有之」云云。先生既行，蜀人又於北巖立先生之祠焉。十月至夔。十二月二十六日，朝廷又降劄，促令疾速兼程前來，❺仍不許再有

---

❶「前」，隆慶本作「寶」。
❷「啓」，隆慶本作「治」，南圖本作「制」。
❸「誥」，隆慶本作「告」，天啓本作「詔」。
❹「而」，原作「面」，據隆慶本改。
❺「兼」，隆慶本作「蹉」。

辭免。

七年丁巳

正月十三日，先生至荆南。朝廷再降劄促召。二十一日，至鄂州。二十三日，又准尚書省及御前實封劄子促召，先生又以疾乞自便將理。二月十九日，至江州。二十五日及三月十七日，又連准省劄催促。二十一日，又申江州，乞具奏辭免。四月四日至五月五日，凡三劄催促。五月二十日，左僕射、同中書門下平章事兼樞密使、都督諸路軍馬張浚又上疏力薦，乞更加禮津遣。❶五月二十日，三省同奉聖旨：「依奏。」五月二十九日巳時，御前金字牌備張公浚劄子又加促召。先生又繳申江州，乞自便尋醫。六月二十四日，又准省劄促召。先生又以疾辭。八月又得旨：「令江州守臣以禮津遣。」九月，先生至建康府界。先是左司諫陳公輔上言，請禁伊川學。至是，先生因併引以辭。涪州所差隨行軍員何仲，以本州所繳崇政殿説書告及袍笏等，❷繳納行在激賞庫。何仲狀云見《附集》。九月十一日，朝廷又以官告袍笏等劄下，責付先生家屬交領。❸又辭。上曰：「尹焞可謂恬退矣，辭免之奏十數上而未止。候疾痊

❶「遣」下，隆慶本引張浚薦和靖先生劄子。
❷「及」，原作「乞」，據隆慶本改。
❸「責」，隆慶本作「資」。

安，即召對。」又降旨遣宰相趙鼎及參知政事秦檜，出國門存問慰勞，仍先賜御府金、帛、藥等。❶先生再力以疾辭官。九月十三日，又降旨：體劄下事理，❷疾速祗受告命，仍具知委文狀申尚書省。先生又列前後所上二十狀，繳連乞收還恩命。十月八日，又劄下：「令候痊安日，令閤門引見上殿。」先生以病未敢受告。閏十月一日，又劄下：「訪聞本官今已痊安，所有告命即疾速祗受。」閏月初八日，奉聖旨：「尹焞除祕書郎兼崇政殿説書。」先生又辭。十一日，奉聖旨：「不允。令先次朝見，赴講筵供職。」十二日，先生始入見，力辭於上前。上曰：「朕渴卿久矣。知卿從程頤學，俟卿以講學，不敢以有他。」先生遜謝，辭不獲命，遂供職講筵。承續講《衛靈公》之末章，稱旨，遂給筆札解《論語》以進。時先生又力辭祕書之命。十五日，奉聖旨：「不允。」先生既再辭不允，又乞致仕。左僕射趙公鼎奏曰：「尹焞有山林之志，不樂留此，願以禮留之。」上遂再加錫賚。

八年戊午

二月，車駕還錢塘，先生以病從百司先行。二十七日，除祕書少監，仍兼崇政殿説書。先生又凡五辭。三月，病少愈，力疾赴講筵。先生每當赴講之日前一夕，必沐浴更衣，以所講書置案上，朝服再拜，齋于燕室。學者問之，先生曰：「必欲以所言感悟君父，安得不敬？人君其尊如天，必須盡己之誠意。吾

❶「藥」上，隆慶本有「香」字。

❷「體」，隆慶本作「依」。

言得入，則天下蒙其利。不能入，則反之。又安得不敬？」十三日，詔促解《論語》。四月九日，乞免史舘并修日曆職事，從之。十四日，再乞歸田里。十七日，又於經筵留身，求去，且曰：「士大夫不理會進退，安用所學？」上曰：「待與卿在内宫觀。」先生力辭。翌日，上以諭參知政事劉公大中，曰：「尹焞學問淵源足爲後學矜式，班列中得老成人爲之領袖，亦足以見朝廷氣象。」十八日，除直徽猷閣，主管萬壽觀，依舊兼崇政殿説書。凡三辭，不允。又乞致仕，又不允。二十日，進呈所解《論語》。五月四日，詔賜緋衣銀魚。復被旨解《孟子》。上曰：「楊時物故，胡安國、朱震又亡，同學之人今無存者，朕甚痛惜之。」趙鼎曰：「尹焞學問淵源，可以繼震。」上曰：「震亦薦焞。」八月十三日，詔先生講《尚書》。冬，講筵初開，講「好之者不如樂之者」。先生曰：「此安而有之？」上語中書舍人吕本中，曰：「此尹焞受用處。」二十三日，除試太常少卿，兼職如故。先生力辭，不允。十一月十六日，先生以疾在告。十九日，除左通直郎，權禮部侍郎。時先生再已乞宫觀，❶不允。二十一日，❷又除兼侍講。凡十辭，皆不允。是時，秦檜獨相，力主和議。金虜遣張通古爲「詔諭江南使」。通古在舘浹旬，朝議未定，人情洶洶。先生在病中，力疾上疏極諫，以爲不可墮虜計，陛下此膝一屈，不可復伸，反復千餘言。又以書切責秦檜。檜大怒。書、疏並見文集。

---

❶ 「再已」，隆慶本作「已再」。

❷ 「一」，隆慶本作「二」。

九年己未

正月，除徽猷閣待制、提舉萬壽觀，仍兼侍講。先生曰：「病不能朝，而寵禄日至，雖主上賢我，大臣安我，我何功德以當之？」上表力陳當去之義有五。檜見而益銜之，乃見上，具言尹焞負天下重望，凡所奏陳，乞付中書詳酌行之。先生又力辭，乞歸田里。遂差提舉江州太平觀，待制如故。十五日，先生既得祠，即離國門，仍乞追還待制職名，不允。二十日，至平江，寓居虎丘西庵，扁上方所居之室曰「三畏齋」。時門人吕稽中、吕堅中、祁寬、蔡仍、蔡迨、黄循聖、徐正夫侍。十月十七日，有《書伊川修禊帖跋語》。

十年庚申

先生年七十。正月十七日，❶有《題蘭亭碑軸後語》。先生曰：「吾無功而爲從臣，吾去而不能復辭，七十而老尚矣。」遂上章乞致仕。二十二日，得旨：遷一官，依所乞致仕。時先生子壻程暐爲桐廬令。九月十五日，先生自平江往桐廬，舘于縣齋。二十五日，有《題桐廬縣齋詩》。十月初十日，有《題雜後語》。十二月，子壻邢純爲浙東撫屬，遂迎侍先生往會稽。時門人吕稽中、堅中、虞仲琳、祁寬從行。

十一年辛酉

先生寓居會稽。

❶ 「七」，隆慶本、南圖本作「一」。

十二年壬戌

三月晦日，有《題温公莊子節帖》。六月二十六日，有《答謝用休書》。十月，先生病。十一月初四日，先生病革。初五日，先生卒，年七十二。❶上聞而悼惜之，命特贈四官，自奉議郎贈朝請郎、徽猷閣待制，依條與致仕、遺表恩澤，賜銀絹三百疋兩給葬事，仍遣中使護其喪，葬于會稽縣五雲鄉龍瑞宫山之原。❷

---

❶「二」，原作「三」，據天啓本及卷一〇《吕德元撰墓誌銘》、《年譜》改。

❷「原」下，隆慶本有「先生卒後七十有二年吴之人合詞于官請立先生之祠于虎丘西庵即先生所嘗寓居之三畏齋也」三十九字。

和靖尹先生文集卷之二

奏劄上

諫講和劄子

紹興八年冬十一月，金人遣張通古爲詔諭江南使，蕭哲爲明威將軍，副之。且入境，朝廷遣起居舍人范同接伴。十一月甲申，殿中侍御史張戒曰：「不云國而直云江南，是用我太祖待李氏晚年之禮也。」上章力論之。禮部侍郎曾開亦奏，謂「不當忘仇敵而講和」。秦檜怒，罷曾開職。時先生先在告，朝廷之議未定，虜使在館已浹旬，朝野遑遑，乃上疏曰：

臣輒罄愚衷，上干聖聽，退循僭易，甘俟誅戮。伏念臣本山野陋儒，絶意仕宦。靖康之難，幸脱危辱。遭遇陛下，遠加聘召，不容固辭，力疾造朝，一歲四遷。乞身未從，便塵禁近。封章八上，天聽莫回。臣疏愚衰病，決難冒處。況今虜使在廷，國家之事，臣切意睿謨已定，足以懾敵。今者浹旬，未覩長策，中外憂憤，人心靡寧。臣屢欲親叩冕旒，少布愚見。而臣自十二月十六冒寒暴下，❶謁告臥家，雖加藥石，至今未愈。

❶ 「六」下，南圖本有「日」字。

由是不能勉强祇命，覬望清光。又慮一旦溘先朝露，齎恨九泉，辜負陛下眷遇之意，臣之區區，不敢默已。切惟本朝戎虜之禍，亘古未聞。中國無人，致其猾亂。昨者城下之戰，詭詐百出。二帝北狩，皇族播遷，宗社之危，已絶而續。陛下即位以來十有二年，雖中原未復，仇敵未殄，然賴祖宗德澤之厚，陛下勤撫之至，所以億兆之心無有離貳，遠近愛戴，國勢可保。設若人心輕摇，豈至今日？前年徽宗皇帝、寧德皇后崩問遽來，莫究不豫之狀。天下之人，痛心疾首，而陛下亦且屈意降志，以迎奉梓宫，請問諱日爲事，遂使虜志益驕，謂我無人，乃再啓和議於今日，意欲潛圖混一，臣妾吾國。陛下必爲此議，則人心日去。祖宗積累之業，陛下十二年勤撫之功，當決於此矣。不識陛下亦嘗徐謀而熟慮乎？抑且在廷之臣不以告也？臣觀陛下所以不顧衆説，力求和好者，不過謂梓宫未還，父兄宗族在人掌握。❶不知虜人之情，專尚姦詐；虜人之求，無有紀極。坐竭帑藏，斂及百姓。撼動人心，沮喪士氣。異時悔之，固無及已。《禮》曰：「父母之讐，不與共戴天。兄弟之讐，不反兵。」今陛下方將信仇敵之譎詐，而覬其肯和，以紓目前之急，豈不失「不共戴天」、「不反兵」之義乎？又況使人之來，以「詔諭」爲名，以「割地」爲要，欲與陛下抗禮於廷，復使陛下北面其君，則是降也，非和也。今以不共戴天之讐與之和，猶且不可，況實降乎？臣切爲陛下痛惜之。或以金國内亂，懼我襲己，故爲甘言，以緩王師。倘或果然，尤當訓飭號令，申嚴賞罰，鼓士卒之心，雪社稷之恥，尚何和之爲務？臣願陛下深思熟慮，廣採衆論，以全大計，勿以成筭，重於改圖，則天下幸甚。仰惟聖謨默運，必

❶「父」，隆慶本作「母」。

使萬全，固非臣愚所能窺測。然而中外之議，踢蹐靡寧，機事之微，生靈所係，伏望陛下萬機之暇，曲賜睿覽。干冒天威，罪當萬死。

貽秦相書

先生上疏論和議，不報。金國人使在館多日，議論不決，乃貽書時宰秦檜。書曰：

焞比叨除目，即以病纏。念惟疏愚，謬與獻納辭避之請，屢上不從。方今虜使在廷，天下憂憤。初欲勉强拜命，侍清閒之燕，盡區區於冕旒之前，退見相公，論天下之大勢。邇來疾病日加，兩足寒痺，不能自勵，以効誠悃。前者輒具劄目，畧陳中外之議。今已浹旬，未聞朝廷有以待虜人之計。機會之微，間不容髮。焞雖昏憒之餘，不忍默已。相公亦知今日天下之心將失，軍旅之心將摇，士大夫之氣將喪，宗社之計岌岌而危乎？主上輟駕南轅，十二年矣。江淮之間，久無竊發。豐歉相繼，不至流亡。更加經理，足以自治。邊境之防，雖未盡善，歲竭帑藏，使之足食。不愛重禄，以爲信賞，將士之心，猶知逗遛無功之爲耻，决戰敢前之相尚。朝廷每有以激勵懲勸之，可收萬全之効，是豈非得人心而然乎？今若和於虜人，彼日益强，我日益削。中國號令皆從虜出，國事廢置皆從虜命。侵尋朘削，天下有被髪左衽之禍。讒間疑貳，將帥有誅戮奪權之害。姦宄生心，大勢奈何？將見異時，虜人坐收成功，相公被天下之責，無所歸咎。願相公榻前力陳大計，以謂虜人與我有不共戴天之讐。靖康以來，屢墮其術。今若一屈膝，使爲口實，賈怨飭兵，自困自斃，豈忍直爲此議？比者切聞主上以父兄未返，降志辱身於九重之中有年矣。然未聞虜人悔過，還二帝於沙漠。繼之梓宫崩問不詳，天下之人痛恨切骨，則虜人虎狼貪噬之性，不言可見。天下方將以此望於相公，覬有以革其已然，豈意爲之已甚乎？今之上策，莫如自治。自治之要：内則進君子而遠小人，外則賞當功而罰當罪。使主上之孝弟通於神明，主上之道德成於安强，勿以小智孑義而圖大功，不勝幸甚！焞病體衰羸，日甚一日。歸田之請，前後八上。投老山間，側聞作新之政，此相公之賜也，况天下乎？秦檜得書，讀之已不樂。至「勿以小智孑義而圖大功」，愈不悦。及又見先生《辭免萬壽觀劄子》有云：「比嘗不揣分守，輒及國事，識見迂闊，已驗於今。跡其愚庸，豈堪時用？」秦檜見「豈堪時用」字，深切銜之。乃見上，具言尹焞劄子有所議，不可不爲施行，乞將尹焞所上文字盡付中書，當爲詳酌行之。上遂以先生所上奏、上劄盡付中書，而秦檜遂切齒於先生矣。

涪州被召辭免狀❶

和靖處士尹焞，今月准宣撫使司發到尚書劄子一道。據朝奉大夫、❷充徽猷閣待制、提舉建隆觀兼史館修撰、資善堂翊善臣范冲奏舉自代。六月十五日，三省同奉聖旨：「尹焞召赴行在，仍令川陜宣撫司以禮津遣前來者。」右焞伏念，昨於靖康中累被召旨，以疾力辭，誤蒙告命，賜之美名，聽其退處，方安田里。尋被金人侵犯河洛，全家遇害，僅存一身。脱命賊境，奔竄三蜀，流離累年，疾病憑陵，志意衰耗，有加前日。兼

❶ 「辭免狀」，原無，據目録補。

❷ 「朝」上，隆慶本有「左」字。

以所習迂濶之學，施之事功，一無可者，不待人諭，自知甚明。謹具狀申宣撫使司，伏乞鈞慈，採録焞狀，申尚書省，所有前降聖旨指揮施行寢罷，❶以安愚分。伏候鈞旨。紹興五年十月　日，具位狀。初二申發。

第二狀

右焞近准宣撫使司遞到尚書省劄子一道，坐徽猷閣待制范冲奏舉自代，奉聖旨：「召赴行在。」已具狀申使司，乞賜備申朝廷，伏望寢罷前降聖旨指揮去訖。今月二十八日，再准宣撫使司降下御寶，封發到尚書省劄子，坐范冲奏：「乞委所在州郡備禮敦遣及沿路津送，疾速前來。」奉聖旨：「令川陜宣撫司差撥人船，優給路費，以禮敦遣前來者。」❷伏念焞賦才至陋，稟性甚迂，蚤以授學程頤之門，大觀中嘗致人言。重惟布衣之賤，名玷臺章，杜門絶交於人者垂二十年，由兹世事懵不通曉。昨緣靖康當路之士誤採虚名，交薦于朝，屢被詔旨，以疾力辭，蒙恩授以「處士」，實遂田野之性。尋遭鄉關陷没，妻孥屠害，傷殘一身，逃竄萬里。今則憂患薰心，驚惶失志。耳聵足弱，聽履不任，形神俱瘁，又非往昔之比，豈足上副延求，遠膺號召？加之軍國多事，財用匱乏之際，有司津遣之費，莫非民力，其於愚分，尤所未安。兹者不避罄瀝肝膽，具陳忱懇，庶幾感動朝廷，追回召命。謹具申宣撫使司，伏望鈞慈特賜敷奏，所有前降聖旨指揮乞賜寢罷施行。伏候

---

❶「施」，隆慶本作「乞」。

❷「敦」，隆慶本、南圖本作「津」。

鈞旨。紹興五年十月　日，具位尹焞狀。二十九日發。

第三狀

右焞先於去年十月内兩狀申宣撫使司，乞備録申奏朝廷，辭免召命，未奉指揮。間又於今月十二日，蒙宣撫使司差官齎到御前金字牌遞角一道，准去年十一月八日尚書省劄子，三省同奉聖旨：「尹焞特受左宣教郎，除崇政殿説書，仍令川陝宣撫司依累降指揮，加禮敦遣赴行在所者。」切惟國家極治之時，西閣講臣寔儒者之遴選。元祐之初，焞師程頤首自布衣召居此職，載之簡册，永爲令典。而焞人微材下，質薄器陋，徒以蚤承家訓，粗守師説，獲玷美名，已懷忝冒。豈爲朝廷過聽，屢頒召旨，繼下除書，改授京秩，俾參經幄。聞命震驚，罔知所措。伏念焞衰病流離，傷殘窮獨之狀，如前所陳。加之晚塗多難，素業總廢，何以贊天子五學之成，當儒者千載之遇？矧惟中興圖治，兼收群策之日，其講讀之臣或備顧問，豈若平時尋章摘句，專於論説而已？宜得俊傑之士，博通古訓，深識時務者，來膺斯選，殆非疲老疏愚之人，可以冒處。伏望朝廷察其誠懇，檢會所陳事理，特行寢罷近降除命。謹具申宣撫使司，乞賜備録敷奏施行。伏候鈞旨。六年正月十二日。❶

❶「日」，原無，據隆慶本補。

第四狀

右焞今月十三日准宣撫使司牒，差使臣史諴齎擎到行在入内内侍省御前金字牌，遞送到告一軸，特授左宣教郎、充崇政殿説書。契勘先於正月十二日准尚書省劄子照會，已除上件恩命。尋具狀申使司，伏乞備録，敷奏朝廷，辭免去訖，見在涪州聽候指揮。所有今來齎到告命，不敢祗受。除已繳申涪州寄納軍資庫。謹具狀申宣撫使司，伏乞照會。謹狀。六年二月十四日。

第五狀

右焞先蒙聖恩，召赴行在所，及准告特授宣教郎、崇政殿説書，累具辭免，奉聖旨：「不允，不得再有陳請。」焞恭稟聖訓，不敢固違詔旨。除已力疾就道，起發前去，及候腰膝稍安日，謝恩授告，申陳去訖。伏念焞自夏涉秋，傷暑飲冷，臟腑不寧，腰膝至今未安，拜跪尚自艱難，所有告命，未敢祗受。兼以暑月江水泛漲未平，難以舟行起發，未得恭承嚴召。又以數月夙夜憂懼，不惶啓處。今於九月十七日，安舟起發前去。重念焞山野空疏，自度不足以副朝廷招延之禮。加之流離以來，多病少安，齒髮既衰，精神凋耗，兹縁病故，起發稽遲。雖已就道，亦恐觸冒風霜，不任寒暑，疾疹有加，筋力寖弱，既不堪朝廷職任，又不能入奉朝請，虚負聖恩，隕越無所。謹瀝誠懇，別具披陳，欲望朝廷察焞情實，非敢矯飾，乞將前降焞告命寢罷施行，庶俾衰老餘生，安分遂性，免迤邅於前路。聽候指揮。謹具申宣撫使司，乞賜備録，申奏施行。右劄下在十二月二十六日。

右五狀並在涪州具申四川宣撫司，乞備申朝廷。時朝命敦遣甚急，川陝官屬日夜敦禮候門，不容停止。遂不得已辭官，勉黽應詔起離。

第六狀見紹興七年正月十三日省劄

第七狀見正月二十三日省劄

第八狀

右云云。去歲以來，累蒙趣召。恩禮優渥，非所敢當。懇辭六七，未賜允俞。除不敢祇受告命外，扶疾遠來，既至江州，所苦增甚，不能前進。今奉聖旨：「令所至州軍以禮敦遣。」在於愚分，尤不遑安。伏念焞一芥草茅，初無寸長，舊學迂闊，忘廢殆盡。行年七十，疾病交攻，一日之間，半在枕席，耳目聾暗，步履艱難，衆所共知，非出矯僞。若使稍能支持，亦不敢以固陋爲辭，義當奔走闕下，少思補報，以稱聖朝招延之意，以合古人進退之道，豈當固違嚴召，自速罪愆？力求罷免，誠非得已。伏望朝廷特賜敷奏，收還成命。俾得自便，訪求醫藥。免致重累，流離道路，實荷國家全活之賜。伏候指揮。

第九狀

和靖處士尹焞。右焞今月十九日巳時，准尚書省紹興六年十二月二十六日，并七年正月十三日兩次降到劄子指揮，推促兼程前來，❶赴行在所。契勘自涪州起發日，具狀申四川制置大使司，乞備申辭免恩命，沿路聽候指揮。正月二十一日至鄂州，緣疾病有加，具狀申尚書省。二月十九日至江州，再具狀申尚書省，乞賜敷奏，寢罷前降恩命，未奉指揮。間於今年四月十七日，准二月二十五日御前金字牌御封尚書省劄子，續准都進奏院遞到四月初四日尚書省劄子，催促疾速起發，於十八日辰時兩具狀，自江州繳申尚書省再乞敷奏。今更不敢重疊冒瀆，伏望憐察愚誠，非敢飾詞，上欺朝廷。乞檢會前狀，早賜指揮施行。

第十狀並見所下省劄

第十一狀

第十二狀

❶「推」，南圖本作「催」。

第十三狀

第十四狀並署同

右焞今月二十五日戌時，准御前金字牌降到御封尚書省劄子一道，奉聖旨：「不許辭免，催促疾速赴行在所供職者。」重念焞鄉關陷没，全家遇禍，失身盗賊之區，積憂懷忿，潛伏山谷者累年。既而間關入蜀，萬里一身，年垂七十，白首無歸。人生窮獨，何以加此？方兹栖栖之餘，仰蒙聖君，誤採虚名，濫膺召命。自紹興五年十月内至今年四月，凡五被御前金字牌，再被尚書省劄子，累蒙朝廷指揮，令所在州軍以禮敦遣。以焞艱虞羈旅之迹，分甘委棄於聖時。以焞一芥草茅之賤，豈當俟駕而後行？况今國步尚艱，乃臣子効忠之日。即兹數事，在於分義，無一可辭。實以既老且病，學問無取，耳聵足弱，聽履艱辛，疾病有加，日虞委頓，决不能支持。前者累狀陳懇，實出愚誠，非敢稍有毫髮懷私擇利，故爲矯激，妄欺朝廷，以速罪戾。兼焞已於今月十八日，兩具狀申江州繳申尚書省，乞特賜敷奏，許令自便，訪求醫藥，免致道路委填溝壑。佇瞻闕庭，日覬俞允，伏望早賜施行。

第十五狀

右焞今月初四日午時，准五月二十九日巳時御前金字牌降到御封尚書省劄子，奉聖旨：「依尚書左僕射奏，以焞辭免新命，未聞就道，令江州守臣疾速以禮津遣者。」伏念焞自父祖而上仕於本朝，食禄者八世。如焞愚蠢，自知不堪世用，分甘老死，明時亦常濫竊高世之美名，畧無片善之稱。在國家何負於焞？顧焞何補於國家？自荐膺召旨以來，實以疾病侵凌，乞追回成命已十四狀，賦性山野，言多拙直，不識時宜，冒犯朝廷，日覬罪戾之獲，豈謂猶加寬貸，尚欲招徠，禮益隆厚。仰見聖朝求賢待士之至，搜揚微陋之誠，聞命震驚，感恩流涕。若尚敢高卧養痾，夷倨抗請，在朝廷即行誅戮，固已晚矣。言君臣之分義者，固已切齒於焞矣。朝廷尚或憐而貸之，亦天地之所不容，鬼神之所不赦也。焞切見方今國步尚艱，中原未復，進退人才，當明緩急。今日之務，無非繁劇，宜先俊傑以濟艱難。白首書生，動輒迂闊，用於平時，徒美聽觀，施於今日，何益事功？縱俾犬馬之齒未衰，負薪之疾可力，其於時事，素不通曉，况使獨持老病之餘，接武英豪之後？見聞僻陋，冒列經筵，又何足以發明旨義，啓沃聖聰，考古驗今，裨贊元化之萬一哉？僥倖以進，必致人言。負罪而去，在焞何惜？豈不念貽累朝廷，取笑四方，上辱君相，下負師友？焞今年垂七十，惟事安死。於時無補，於身何有？反求諸己，自知甚明。詢之於人，孰不指目？重念焞今疾病憂懼，全在床枕，俟罪之餘，惴惴待盡。前後所陳，實出迫切，雖在草野，敢忘愛君？若謂矯飾，非焞所學。伏望朝廷早回天地之大造，曲貸螻蟻之微生，許令自便，訪求醫藥，使終殘喘，實荷國恩。伏乞特賜敷奏施行。伏候指揮。

第十六狀

右焞五月二十九日准尚書省劄子，檢會四月二十一日三省同奉聖旨：「依已降指揮催促疾速赴行在所供職者。」契看四月十八日及四月二十七日三具狀申尚書省，❶以焞疾病浸加，提携重累，乞賜俞允，訪求醫藥，得以自便。至今四十餘日，並未蒙朝廷施行。切念焞流離道路今已十月。自至江州，又已三月有餘。正此極暑，非惟焞一身見在枕席，全家老幼盡皆疾病，❷已見失所。不免仰于朝廷，乞賜憐恤，檢會四月十八日及二十七日三狀，早賜敷奏，放令自便，免致道路委填溝壑。伏候指揮。

第十七狀

右焞自紹興五年十月初二日被召命，紹興六年二月十三日准川陝宣撫司差官齎降到左宣教郎、充崇政殿説書告命一軸及袍履等。焞以疾病，拜跪艱難，有妨拜受，即時具狀，申繳在涪州軍資庫。至今前後十七次具狀，申朝廷辭免上件恩命，乞歸田里，訪醫自便。累准朝旨，未賜俞允。焞以沿路州軍不住敦迫，❸雖

---

❶「看」，隆慶本作「勘」。

❷「全」上，隆慶本有「日近」二字。

❸「住」，原作「敢」，據隆慶本改。

强扶持，❶已至國門。緣在路衝冒，所患轉加，見招醫調治，未獲痊愈，所有准今月十一日尚書省劄子再降到元給告命，委是祇受，未得除見，別具狀申辭免。乞特賜指揮，依舊將上件告命等付元寄官司收管，仍乞檢會累狀，早賜敷奏施行。伏候指揮。

第十八狀

右焞昨者誤蒙召命，敦遣出蜀，扶病登舟，日增惴懼。近者入建康府界，已及國門。竊念焞近日又苦痢疾，一夕之間輒十數起。見用建康府醫人王琦調治，畧未痊安，癃老廢疾，情實可憐。伏望特賜敷奏，許之自便，以畢餘生。伏候指揮。

第十九狀

右焞昨者誤蒙召命，敦遣出蜀。蓋已歷陳愚陋，無補事功。加之兩歲之間，經涉萬里，疾病侵尋，屢困道路。比復卧病國門，至于委頓。仰荷聖主親遣中使，就加撫勞，宣醫診視，賜予過儀，且令調治殘骸，入覲宸扆。而焞尫羸之質，倍費調攝，雖疾病向安，而筋骸尚劣，大懼久稽君命，罪不容誅，早夜以思，罔知攸措。伏念焞前後懇辭，及今凡二十狀，情實切至，不敢誕誣。雖聖旨寬假，又許入城調治，以俟痊安，而焞偃仰稽

❶「持」，隆慶本作「疾」。

留，豈遑安處？日月漸久，人將謂何？又慮疏賤之言，未必皆能上徹天聽，謹將前後二十狀録連在前，伏望朝廷特賜敷奏，收還恩命，以協師言。伏候指揮。右通涪州員司申狀，❶共計二十狀，係到闕日繳連具申辭免者。至閏十月初八日，又被旨除祕書省校書郎，兼崇政殿説書。所有辭免劄子録于後，除祕書郎恩命亦係三次辭免。

辭免除祕書郎劄子

左宣教郎、充崇政殿説書尹焞劄子：准尚書省劄子，奉聖旨：「除祕書郎兼崇政殿説書。」聞命震驚，罔知所措。伏念焞遠自草萊，誤蒙收召，經帷之命，已非所宜，方欲陛對之間，力陳固陋。今復躐處祕書，尤爲美職，恩榮重復，實不自安。伏望朝廷，特賜敷奏，收還成命。伏候指揮。閏月十一日有旨：「不允。令閤門先次朝見供職。」

第　二　劄

新授左宣教郎、充崇政殿説書尹焞劄子奏：臣猥以非才，蒙陛下萬里招聘，道路連年，疾病屢作，懇辭數十，天眷日加，顧臣何人，得此異數？今者負薪之疾偶獲少瘳，既已入拜冕旒於軒陛之下，登對清光於咫

❶ 「員司申」，隆慶本、南圖本作「軍員何申」。《年譜》云「軍員何伸」。

尺之間，❶疏遠之臣，榮幸極矣。伏念焞材質凡陋，學問迂疏，已及衰殘，濟之疾病，自度無以開發聖明，裨補政治。伏乞依臣前件辭免，特賜收還崇政殿説書恩命，許臣在外自便。取進止。十月十四日三省同奉聖旨：「不允。」

第三劄

近准尚書省劄子，奉聖旨：「除焞祕書郎兼崇政殿説書。」已罄愚衷，乞行寢罷，奉聖旨：「不允，先次朝見，赴講筵供職。」伏念焞猥以庸虚，備數勸講，辭不獲命，愧懼已深。方念誠懇未伸，恩寵過厚，至於祕省美職，尤出非宜。兼焞被命以來，未有一字之稱，旬月之勞，僥倖如斯，敢復叨冒？伏望朝廷特賜敷奏，收還新除祕書省祕書郎恩命，庶使稍獲自安，勉於經筵，粗圖報効。伏候指揮。

辭免除祕書少監

准尚書省劄子，奉聖旨：「除祕書少監，依前兼崇政殿説書。」聞命震驚，罔知所措。伏念焞本草萊之人，誤蒙聘召，擢受臺郎，俾侍經帷，眷遇優異，不許固辭。叨冒累月，衰病日甚，絲毫無補，坐縻廩食。焞雖至愚，寧不知愧？徒以被旨解釋《論語》未就，未敢干告朝廷，乞歸田里。豈可更貪寵榮，躐進美職？聖恩

❶「尺」，原無，據隆慶本、南圖本補。

雖厚，實出無名，况東觀令承以待英進，❶豈焞病廢，得以冒居？伏乞特賜敷奏，追回成命，以安愚分。伏候指揮。紹興八年二月二十九日，左宣教郎、祕書省祕書郎兼崇政殿説書尹焞狀。

第二狀

今月初二日准尚書省劄子，勘會已降指揮，除祕書少監，奉聖旨：「不候，受告日下，先次供職。」契勘先准尚書省劄子，奉聖旨「除前件差遣」，已具狀申尚書省，以焞衰病辭免，乞賜追寢恩命，未蒙指揮。伏念焞見以病瘡在假，不任步履，欲乞檢會前狀事理敷奏，乞行寢罷施行。伏候指揮。

第三狀

伏以啚書之府，朝廷待天下英才，以備任使。昨蒙聖恩，除祕書郎，自以衰老迂愚，名實不稱，顧視同僚，已極慙靦。今復躐處上列，非據益深，未被俞允，不知攸措。重念焞草萊寒士，本無見聞，昨蒙招延，俾待勸講，❷既已辭不獲命，止欲扶病造朝，一見聖主，即求退居田里。會有旨講解《論語》，又值車駕時巡，百司進發，所以未敢干瀆朝聽。豈謂誤恩，復加進擢，揣分量才，無一可者。伏望特賜敷奏，收還成命。伏候

---

❶「承」，隆慶本、南圖本作「丞」。

❷「待」，隆慶本、南圖本作「侍」。

指揮。

第四狀

近三具狀，申瀆朝廷，乞寢罷新除祕書少監恩命，未蒙矜允。切念焞草萊寒士，本無所長，誤蒙聖主招延，寘之講席，非不知幸。加之一生迍邅，白首流落，初無姓名，在人齒牙，日者起自布衣，得侍聖主清閒之燕，豈不知榮幸至此，實爲過分？豈不欲勉勵愚鈍，少酧眷禮？但焞以才術淺拙，學問迂疏，疾病侵凌，志慮衰耗，技止於此，無補今時。惟有知足安分，戒之在得。或可以不累師友，不辱聖朝，少助廉恥之風，使天下謂朝廷聘召之人，粗知分守，亦足以爲朝廷美事。情實誠慤，非敢誕謾，拙於言辭，未能取信，伏望檢會累狀，曲賜敷奏，追寢新除祕書少監恩命。伏候指揮。右劄，三月十六日三省同奉聖旨：「不允。不許再有陳請。可速就職，以副崇重儒學之意。」

第五狀

近四具狀，乞寢罷新除祕書少監恩命者。伏念焞雖庸愚，粗知忠信，處身甚約，不敢過求，平生里社之間，去就取舍，未嘗以一語欺人，人頗以是信之。今年垂七十，濫稱儒士，豈敢矯情作僞，以不忠、不信之言欺於君父之前哉？實以學問荒唐，加之老病，昨蒙聘召，固已力陳其不堪。聖上過聽，必欲見其面目，促召再三，恩禮隆厚。臣子之分，懼獲譴誅，止欲扶病造朝，旬日之間，即求閒退。不謂荐蒙超擢，驟冠同列。使焞筋骸年齒稍可支持，其在素志，猶不敢當，况是尪羸昏忘，舉動艱難，少壯之榮，反成苦楚。唯有退閑自適，是爲重恩。方欲乞身，敢復叨據區區之懇。始末不渝，皆出忱誠，了無矯僞。伏望朝廷更賜敷奏，收還前件祕書少監恩命。伏候指揮。

辭免兼史舘日曆狀

左宣教郎、試祕書少監兼崇政殿説書尹焞狀：契勘本省長貳，依條不與修纂。至紹興元年七月内因祕書少監程俱申請，特令修纂《日曆》。後來緣重修《實録》，因而又兼史舘職事。切緣焞見係崇政殿説書，不惟拙於文筆，不通史學，兼間日赴經筵進講文字，又有專得指揮解説《論語》未了，委是精力有限，難以兼管修纂，欲望許依舊來條例，特免史舘《日曆》職事。伏候指揮。四月九日，三省同奉聖旨：❶「特依。」

❶「三」，原作「二」，據南圖本改。

和靖尹先生文集卷之三

奏劄　下

再乞歸田里劄子

伏爲年齒衰邁，疾病侵尋，自昨初赴招延，已於奏對之日乞候旬月之間即歸田畝。近者又常面乞骸骨，不蒙允從。切緣焞日來疾病益多，加之嘔血，欲乞特賜敷奏，許歸田里。伏候指揮。

辭免除職宫觀二狀見四月二十一日及二十七日二劄内

辭免直徽猷閣職名狀

右焞云云。伏念焞雖甚庸愚，豈不知遭遇聖世，眷戀君恩？但以行年七十，疾病百出，精神筋力，勉强不前，所以必求閑退，保養殘年。今不蒙朝廷許致仕而去，至於改授職名，奉祠闕下，使之便閑，時奉勸講。

聖恩隆厚，不敢固辭，然而延閣寓直，❶實爲清選，請去而得，何異要求？ 焞今更不敢力請自便，止乞收還貼職，少安愚分。伏望朝廷，特賜敷奏施行。

辭免賜緋章服狀

左宣教郎、新除直徽猷閣、主管萬壽觀兼崇政殿説書尹焞准勑：「特賜緋魚袋。」伏念焞自被召除，叨榮有愧。比緣卧病，方請退閑，更蒙寵錫身章，益隆異數。在焞山野之質，有所未安。伏乞特賜敷奏，收還上件恩命。伏候指揮。

辭免太常少卿狀見八年十月二十五日所下❷

第　二　狀

准尚書劄子，❸以焞辭免新除太常少卿，奉聖旨：「不允，不得再有陳請者。」伏念焞行年六十九歲，昨蒙朝廷察其衰病，罷免祕書少監，改授前件差遣。自後老病交攻，甚於前日。念惟坐享禄食，專以説書爲職。

---

❶ 「直」，原作「真」，據隆慶本改。

❷ 「見」上，隆慶本有小字「闕」。「下」下，隆慶本有「省劄」二字。

❸ 「書」下，隆慶本、南圖本有「省」字。

方聖上日御經筵，未敢求去，止欲候秋講罷日，乞歸田畝。今來復蒙除用，豈不知榮？但以年老久病，筋力衰廢，實難勉强。伏候勑旨。

辭免除禮部侍郎劄子

臣十一月十九日准尚書省劄子，三省同奉聖旨，除臣權禮部侍郎，張絢除太常少卿，❶並日下供職者。臣聞命震驚，罔知所措。切緣臣近以衝寒冒濕，臟腑暴下，於十一月十六日在假，權將執事交割與以次官主管，見今將理未安。今來除已遵次指揮，日下將太常少卿職事交割與張絢外，伏念臣本以庸虛，誤膺召用，尸素朝列，有愧於心，嘗以學術迂疏，年齒衰邁，丐歸田畆，未賜允俞，豈可更復叨冒寵榮，濫厠法從。上恩雖厚，公議謂何？欲望聖慈追還成命，以臣見今衰病伏枕，乞除一在外宫觀，以安愚分。伏候勑旨。

第二劄

伏念臣久侍經幄，無補聖朝，敢謂誤恩，復加陞用。眷惟臣學術迂陋，❷老疾侵凌，雖欲更冒寵榮，力雖勉强云云。再奉德音，惟深感懼。尚餘愚懇，必覬矜憐。伏念臣召自草萊，擢侍帷幄，虚辱禮遇，何補聖

❶「絢」，原作「詢」，據隆慶本、南圖本改。下同。

❷「術」，原作「日」，據南圖本改。

朝？屢丐歸田，誠非矯飾，繼請致仕，實坐衰遲，遂蒙處之直祠，❶養其老病，上體至意，莫獲固辭。豈期復被簡除，大駭聞聽，載惟寵異，彌切兢惶。念一歲四遷，顧恩榮之已極。而十日九病，則衰遲之可知。深負素飡，難逃清議。且人無既老復壯之理，而禮有辭尊居卑之謙，揣分度宜，無名可受。况臣近苦暴下，尤覺頓衰，致精力之昏疲，增聽履之蹇躓，既難任事，豈合貪榮？矧惟宗伯名曹，詎容妄受；講臣清選，奚得久居？伏望洞鑒丹衷，曲全素履，亟投閑散，使畢衰殘。貪禄忘歸，已厚顔於朝路。見得思義，敢重辱於師門？仰覬天聰，俯從人欲，所有上件恩命，欲乞寢罷。伏候勑旨。

第三劄

伏念臣久侍經筵，略無報効，坐縻廩食，分所不安。加之見病伏枕，日就困殆。欲望聖慈矜憫老病，特賜收還成命，以安愚分。伏候勑旨。

第四劄

伏念臣學識迂疏，豈堪時用？加之老疾，精力日衰。頃緣誤被招延，躐陞華要，聖恩隆厚，不聽固辭，然久竊寵榮，實增媿懼。近拜奉常新命，仰體眷意，未敢即便求歸田里。重念臣未奉上件恩命以前，爲苦暴

---

❶「直」，隆慶本、南圖本作「真」。

下，已申臺省在假將理，丹藥雜進，畧未少安。復蒙簡除，第深感泣。惟從班清峻，固非鄙陋得以冒居，而衰病沉縈，實以筋力難於勉强。臣今老病以極，❶日就危殆，欲望聖慈，曲賜矜念，特許收還成命，俾遂安養。伏候勑旨。

第五劄

伏念臣行年六十九歲，見因暴下，氣喘足弱，疾勢日增，未有安期，雖欲勉强，必致顛仆。臣久荷聖知，粗守忠信，不敢矯僞，妄稱疾病，以欺君父。欲望聖慈特賜矜憫，收還成命，俾遂將理。

再乞歸田里劄子

新除左通直郎、權禮部侍郎兼侍講尹焞奏：臣伏爲任太常卿日，以感寒暴下，遂申臺省在假將理。病中蒙恩命，權禮部侍郎兼侍講，累具狀辭免，未奉俞允。忽蒙陛下哀憐，就蒙賜告，天地生成之恩，何以論報？臣豈不願力疾一出，上副陛下待遇之意？然臣今來所病，馴致虚極，醫藥不效，無有安期。況臣大病伏枕已二十餘日，衰老至此，見苦滑泄，氣虚喘促，足弱筋攣，耳聾目眩，心識昏耗，百病交攻，委難勉强。欲望聖慈，放歸田里，以便安養。伏候勑旨。

❶ 「以」，隆慶本、南圖本作「已」。

第二劄

臣伏自十二月十六日第八次具奏，辭免前件新除恩命，及緣老病，乞歸田里，至今十日，未奉俞旨，卧病伏枕，❶展轉呻吟已四十餘日，藥石雜進，略無少痊。數日以來，更加心疼胷痞，眊眩繼作。自知衰羸，未易醫治。重念臣一生寒賤，晚遇聖明，朞月之間，致身侍從，豈無眷戀，少報生成？而自未蒙除授以前，得疾在告，至於僨甚。聞命之日，感激聖恩，雖欲自勵以趨，卒難勉强。況臣平生所學，粗守忠信，行年七十，何忍欺君？欲望陛下念臣實病，保臣殘年，特降聖旨，放歸田里。或除一在外宫觀，庶幾安養，可就痊平。臣病軀苦楚，日夜延望，必覬允從。仰惟天地父母之恩，少加矜念。臣頻有冒瀆天聽，甘俟斧鉞之誅。伏候敕旨。

辭免除徽猷閣待制

新除左通直郎尹焞，臣比因老病，前後十上章，乞收還新除禮部侍郎兼侍講恩命，放歸田里。正月初十日准尚書省劄子，奉聖旨，除臣徽猷閣待制、提舉萬壽觀兼侍講者。聞命震驚，罔知所措。伏念臣本緣衰疾，不能拜命。故敢屢瀆天威，力請閑退。今復進職西清，奉祠行闕，尚使荒陋，綴直講筵，天眷加隆，感深

❶「卧」上，隆慶本有「臣」字。

涕貫。而臣懇誠殫盡，辭説已窮，未能感動淵衷，曲賜孚允，豈得辭勞就逸，求去復還，上欺朝廷，以要榮寵？其於義分，益所未安。況臣衰病日加，畧無痊愈，欲求追罷成命，檢會累奏，放歸田畝。伏候勑旨。

第二劄

伏念臣年老卧病，非敢詐罔。前後所陳，辭窮理盡，忱誠雖竭，天意未孚。且臣起自草莽，驟躐禁塗，得君遇時，千古罕見，豈不知君命之嚴，事上之義，在於臣子，只合遵承，安敢抗拒恩命，辭避榮寵？實緣疾病沉痼，決難勉强，凡在朝列，皆所見聞，欲望云云。

第三劄

臣聞「君使臣以禮，臣事君以義」，迺君臣之大倫，報施之道也。臣獲侍燕閒一歲之久，五遷名秩，率皆清華，則陛下所以使臣，可謂盡禮矣，臣敢不盡事君之義，圖報陛下乎？臣自辭免禮部侍郎恩命，章疏十上，條例懇請，❶悃愊殫盡，未奉俞允。臣草芥微賤，固無足道，而朝廷名器之重，豈宜輕以假人？深慮辭之不至，誠之未格，不避再三之瀆，重陳當去之義，仰干天聽。惟陛下赦其愚，使畢其説，以全事君之義，不勝幸甚！臣自造闕廷，職在勸講，而本無學術，蔑有發明。期月之間，病告相繼，坐叨厚禮，無補聖聰。先

❶「例」，隆慶本作「列」。

聖有言：「陳力就列，不能者止。」此臣義當去者一也。臣起自草萊，誤應召用，守道之語，形于訓詞。而臣貪戀寵榮，遂係素守，❶使朝廷非常不次之舉，獲懷利苟得之人，非特上累聖知，將復貽辱師友。此臣義當去者二也。臣每念誤受寵知，蔑聞補報。比嘗不量分守，輒及國事，識見迂愚，已驗于今，跡其庸愚，豈堪時用？此臣義當去者三也。臣昨拜命奉常，曾未踰月，方移病告，遽擢春官，卧疾至今，未嘗供職。以病丐去，更獲超遷，有何功實，得以祗受？此臣義當去者四也。臣聞國朝典故，揆之禮經，年七十皆當致仕。今臣年齒已及，加之衰病，伏枕累月，實難支持。血氣既衰，所戒在得，先聖遺訓，其理甚微。此臣義當去者五也。臣聞聖君有從欲之仁，匹夫有莫奪之志。今臣有五可去之義，無一可留之理，仰惟陛下眷知之深，洞照情實，曲推上聖之仁，俯成匹夫之志，特賜檢會累奏，放歸田畝。伏候勅旨。

授內宮觀再乞歸田里劄子❷

臣近緣第三次辭免新除左通直郎、充徽猷閣待制、提舉萬壽觀兼侍講恩命云云。伏念臣前所陳述，乃事君之大義，人臣之常分，盡出誠實，非事矯僞。欲望聖慈檢會臣累奏，特許臣退歸田里，俾養衰病，以盡殘年。伏候勅旨。二月八日，奉聖旨：「依舊徽猷閣待制，差提舉江州太平觀，任便居止。」

❶「係」，隆慶本、南圖本作「移」。
❷「田里」，原無，據目録補。

乞免辭謝劄子❶

左通直郎、充徽猷閣待制、提舉太平觀尹焞奏：臣近緣疾病羸困，乞歸田里，聖恩寬大，許令自便，准勑提舉江州太平觀。一介書生，何以仰朝廷成就憐憫之意？❷切念卧病之久，筋力疲乏，步履拜跪，不能勉强，無緣出赴謝辭。欲望特賜敷奏，放免辭謝，庶使羸軀，不至殞越。取進止。

辭免除次對職名劄子

臣已於今月十五日扶病出門，前去平江府以來就醫居住。伏念臣昨蒙陛下召從田野，寘在經筵，雖曾蒙除禮部侍郎，緣爲卧病在告，元不曾供職。今來仰荷聖恩，許從自便，但以次對之職，難以冒受，欲望云云。

乞致仕劄子

伏念臣本以庸愚，老于田野，頃值聖明，遠加聘召，牢辭弗獲，誤被寵光，起侍經帷，遂躋禁從，畧無微効

❶「免辭」，原作「辭免」，據隆慶本、南圖本及目録、下文改。

❷「仰」下，隆慶本有「當」字。

之可録，實以多病而得休。今者犬馬之年，已登七十，形神衰瘁，疾病侵凌，報國無時，拊躬知愧，安可尚叨廪稍，坐食祠庭？揣分據經，亟當請老，欲望聖旨，許臣依條致仕。伏候敕旨。

遺表上表爲永辭軒陛事

臣焞言：焞聞有生必死，乃事理之固然。「事理」作「物理」。❶原始要終，亦臣心所深諭。獨有終身之恨，曾微報國一作主。之功，將死有陳，其言或善，臣焞中謝。伏念臣幼則孤蹇，長而賤貧，道不合時，志惟師古。幸有淵源之自，竊窺聖哲之心。顧得志之莫期，則終身而獨善，絶清時結綬之志，有後進舞雩之遊。不意垂老之年，乃遇中興之主，伸靖康招聘之意，易和靖安退之名，起從遐徼羈旅之中，寘之勸講侍從之列。來崎嶇者萬里，奉清燕者踰年，感得時之若斯，實有幡然之志。悵事君之已晚，莫勝蕭爾之軀，終卧病而乞歸，尋引年而告老。始終被遇，自謂莫倫，死生之間，夫復何憾！伏望皇帝陛下益隆聖學，廣被名賢。惟祖宗爲陛下之規，惟方策爲陛下之鑑。洪惟我宋，度越前朝。惟子惟孫，有典有則。而况天方悔禍，民獲小康，益勤宵旰之憂，必復國家之始。永辭聖世，莫罄愚衷。臣無任瞻天仰聖，結戀於悒之至，謹奉遺表以聞。臣誠惶誠懼，頓首頓首，謹言。紹興十二年十一月日，奉議郎、充徽猷閣待制、致仕臣尹焞。

❶「作」上，隆慶本有「一」字。

和靖尹先生文集卷之四

詩

亡姑墓銘詩

嗟夫人之生兮，一氣凝乎混茫。變而之死兮，去不知其何鄉。唯懿德之在人兮，愈久而不忘。歸安此室兮，其千萬年無壞傷。

過种明逸故居題絶句

少年忘意學經綸，❶老矣空餘此一身。面似髑髏頭似雪，却來巖谷繼前塵。

自秦入蜀道中絶句三首

緑陰深處竹籬遮，也有紅花映白花。却憶故鄉卿相第，不及張三李四家。

曉來雨過槐陰潤，午霽風摇麥浪寒。自愧此身徒擾擾，未知何處可偷安。

南枝北枝春事休，啼鶯乳燕也含愁。朝來回首頻惆悵，身過秦川最盡頭。

---

❶「忘」，隆慶本、南圖本作「妄」。

避賊至商山絶句

西來幾被雪霜埋，鴻雁嗷嗷莫强猜。今朝始踏商山路，高視浮雲任去來。

雜　文

進論語狀

孔子以來，道學屢絶。言語文字，去本益賒。是以先聖遺書，雖以講誦而傳，或以解説而陋。況其所論，所趨不無差謬，豈惟無益，害有甚焉。脱使窮其根本，謹其辭説，苟不踐行，等爲虚語。此先聖所以重講解，慎言辭也。❶況如臣者，材質甚愚，修爲無取，施之於己，未見其功，資以事君，亦將何有？其於聖賢言行，何足以窺測奧妙，發明指歸？强顔爲之，第塞詔旨。臣無任慙羞，恐懼之至。

論語解序

臣自布衣入侍經筵，被旨解《論語》以進。臣備職勸講，不敢以寡陋辭。竊惟是書廼集記孔子嘉言善

---

❶「慎」，原作「甚」，據隆慶本改。

行，苟能即其問答，如此親炙於聖人之門然，❶默識心受而躬行之，則可謂善學矣。後之解其文義者數十百家，俾臣復措説其下，亦不過稱贊而已。恭惟陛下聖學高明，出乎天縱。如舜好問，如湯日新。舉賢而遠不仁，修己以安百姓。固以合符乎夫子之道，施之於事業矣，復何有待於臣之説？然而學貴於力行，不貴空言。若欲意義新奇，文辭華贍，則非臣所知也。姑摭所聞，以稱明詔。臣謹上。

題論語解後

焞紹興七年十一月被召到闕賜對，押赴經筵，承續講説《論語・衛靈公》之末一章。次日有旨，給筆札，解《論語》以進。念以説書爲職，不敢以固陋辭。方以病困殆，蒙賜寬假，病安日解進。明年二月，駕還錢塘，焞以病從百司先行。三月，病少愈，力疾日赴經筵。是月十三日，詔促成書以進。時手顫目昏，心思荒錯，深懼稽命之久，遂勉强爲之，姑塞上命。四月二十一日進至，❷而學者祁寬、吕稽中、堅中在焉，書成皆三子之助也。九年春，復病，丐歸，蒙恩授以閑禄，聽其自便，遂寓居平江府虎丘寺之西庵。寬從余居上方，暇日見此秩云：「當時潛録，欲終身誦之。」甚矣！其嗜學也。相從既久，若是書也，講亦熟矣，豈不知此一時應詔而成，皆前人成説。雖有一二臆見，坐以老病拙訥，心之精微，詞不能達。今取觀之，徒有愧汗。先

❶「此」，隆慶本作「己」。
❷「至」，隆慶本、南圖本作「呈」。

聖不云乎：「吾無行不與二三子者，是丘也。」焞於諸公亦然，何用此爲？寬復請藏之，因識始末，併戒其勿以示人，幸諒區區之意。冬至後一日，書于三畏齋。

書易傳後序

焞至閬中求《易傳》，得上十卦於吕稽中，實余門生也。後至武信，壻邢純多方求獲全本，以所收紙，借筆吏成其書，爲生日之禮，殆與世俗相祝者異矣。敬而受之，乃言曰：「誓畢此生，當竭吾才，不負吾夫子傳道之意。」壬子七月二十五日，門人尹焞書。

師說序

焞年二十，始登先生之門，被教誘諄諄，垂二十年。昔得朱公掞所編《雜説》，呈先生：「此書可觀否？」先生留半月。一日請曰：「前日所呈《雜説》如何？」❶先生曰：「某在，何必觀此。若不得某心，只是記得他意。」經兵火來蜀中，得數本。竊觀之，其聞或詳或畧，❷因所問而答之。蓋學者所見有淺深，故所記有工拙，未能無失，不敢改易。焞雖未盡識其意，以所見無疑者，輒成此書，目爲《師說》。覽者各自得焉，不能詳

❶「曰」，原作「目」，據南圖本改。

❷「聞」，隆慶本作「間」。

告也。紹興六年四月二十一日，門人尹焞記。

跋西銘

横渠先生作此銘，或疑同於墨氏之「兼愛」。寓書以問伊川先生，答曰：「《西銘》之爲書，推理以存義，擴前聖所未發，❶與孟子性善、養氣之論同功，二者亦前聖所未發。❷豈墨氏之比哉？《西銘》明理一而分殊，墨子則二本而無分。老幼及人，理一也。愛無差等，二本也。分殊之蔽，私勝而失仁。無分之罪，兼愛而無義。分立而推理一，以止私勝之流，仁之方也。無别而迷兼愛，至於無父之極，義之賊也。子比而同之，過矣。且謂言體而不及用，彼欲推而行之，本爲用也。反爲不及，不亦異乎？」

題伊川先生語録

焞登先生之門後五年，見劉唐詢通直出示朱公掞給事所編先生《雜説》，焞欣然受之。録呈曰：「此書可觀否？」先生留半月。復請曰：「所留《雜説》何如？」先生曰：「某在，何必看此書。若不得某之心，只是記得他意，豈不有差？」焞後更不敢復讀。兵火之餘，偶至蜀中，見人人成編。蓋所見有淺深，故所記有工

❶「聖」，隆慶本作「世」。
❷「二」，隆慶本、南圖本作「三」。

拙。細觀之，則失其意者不暇一一言也。焞侍坐，先生誨之曰：「夫子没而微言絶，七十子死而大義乖。」信然！今日道學絶講，親炙者無幾，則迷妄失真亦固多矣，可不哀哉？如世傳史評之類，皆非先生所著。寓九江，夏庭列惠然見訪，語此道，❶輒書以誌之。紹興七年四月二十八日，門人河南尹焞書。

題伊川先生像

焞至蜀累年，見伊川先生畫像數本，最得其真。然則望之儼然，即之也温，殆非畫工所能傳也。學生祁寬，好學守道，欲刊諸石以傳久遠，其志益可佳矣。門人河南尹焞題。

題蜀本周易册後❷

易之道如日星，但患於理未精。失於機會，則暗於理者也。聖人復生，恐不易我之言。

書伊川先生修禊序帖

陳公廙，予之舅氏也，元豐戊午卜居於洛。後一年爲此會。少年常至其處，時先生在會中，有此文。黄

---

❶「語」下，隆慶本有「及」字。
❷「册」，原無，據目録補。

循聖以此佳紙見示，遂爲之書。紹興九年十月七日，平江虎丘西庵三畏齋，洛陽尹焞書。

題温公莊子節帖

焞少年居鄉里，文正温公來謁。叔父諱材，得侍立左右。今觀其書，用筆端正。楊子雲云：「書，心畫也。」寧不信然？紹興十二年暮春晦月，河南尹焞謹題。

跋馮聖先墓誌

余友聖先，每至洛見先生，多同處以講此道也。焞貧居杜門，未嘗一到汝晦。❶其子忠恕，好學樂道。丙午秋九月，焞被召赴闕，忠恕相訪，不暇款語。兵火之餘，奔竄來涪陵，再獲與其子會聚，遂録此銘見遺。時紹興四年十二月望日，偶書此以誌歲月云。

又

東皐處士馮聖先，余同門之友也。汝、洛相去甚遠，❷聖先至，必同處講學，忘鑽仰之勞。不幸早世，莫

❶「晦」，隆慶本作「誨」。
❷「遠」，隆慶本作「邇」。

見施設。澗上丈人陳叔易，以文辭翰墨爲一時之妙，述君懿行，深有餘意。焞之言不足爲重輕，其子忠恕欲題其末，以信來世。謹書此，用慰孝心，非敢爲助也。紹興六年秋八月十有八日，洛陽尹焞題。前所題藏之於其家，後所題以授忠恕。

跋馮聖先詩集語

焞昔年洛中與聖先相會，遂出示佳篇。兵火之餘，至涪陵與其子忠恕相會，遂得遍觀，亦可見其志之所存也。感歎之餘，以識歲月。紹興六年重陽日，千福院三畏齋，洛陽尹焞謹題。

告伊川先生祠文

維紹興六年歲次丙辰九月丙寅朔二十有五日庚寅，門人和靖處士尹焞，詣伊川先生侍講祠而告曰：「焞甲寅孟秋始居涪陵，乙卯孟冬誤辱召命，繼下除書，實嗣講事。人微望輕，敢紹前躅？辭不獲命，勉赴行朝。有補於世則未也，不辱師門則有之。今茲啓行，惟先生有以鑒之。謹告。」

書

遺　書

右焞啓：其生也，榮辱在大夫之後，❶得正而斃，庶乎君子之歸，敢陳將死之言，以告終天之别。伏念焞囊由羈旅，經涉亂離，竊希先哲之風，不改陋巷之樂。晚而有遇，遽陪侍橐之聯，病不能朝，獲遂賜骸之請。念始終進退之禮，繄生成坱圠之恩，無復更生，遂爲永訣。伏望平章、僕射、相公，佐佑王室，康濟斯民，力扶上聖之君，亟致中興之業。瞻依曷既，涕泗無從，謹奉遺書布叙，伏惟鑒察不宣。

答王信伯書❷

焞頓首啓：前月特蒙寵顧，以病軀不得款奉教益爲恨。繼辱賜書，併録示定夫所撰其叔父墓銘、顯道《書先生易傳後》，捧領披讀，感愧之心，有不勝言。專使至，承惠翰荷眷予不忘，甚幸甚幸！焞即此遠依庥庇，諸事粗遣，腰痛亦減七八，不煩過慮。曾憲來寓虎丘，日獲相見，或云可居旬日。車馬聞欲來此，遂得款

❶「辱」，隆慶本作「厚」。
❷「書」，原無，據目録補。

聽益論。未間，尚冀爲斯文自重。懇切懇切！便還，❶專奉啓起居，兼謝下情。不周。焞頓首再拜。

録示《易傳》差誤，且據焞所收本寫呈乞檢，至更望訂其是非，他俟面議。焞再拜。

焞頓首啓：向寓虎丘，時蒙寵顧，極荷眷予之勤。去秋過高隱，辱舘待至厚。拜别之久，日益瞻仰。遠承惠問，獲聞動静，感慰兼集。即日大暑，伏惟尊體萬福。焞去年冬末來會稽，凡事安集，不敢有煩遠念。末由拜會，惟乞爲斯文，倍加保重，以副願望真切。謹專附手啓，上問不周。焞頓首再拜。六月二十四日謹空。❷

焞再啓：自至會稽，以退閑不修講人事，不遇便人，故久不得上問，必能深察。向承教《論語》二事，今已改正。或更有未安處，有的便無惜貶諭。朋友切磨之道，廢而不講，正賴吾信伯也。萬萬留念，顒望顒望！貴眷各叶吉慶。時暑，以保愛爲祝。小姪塽已受恩，今年三月得岳祠，亦薄有禄廩。僥倖！僥倖！亦恐知之。焞再拜。

---

❶「便」，隆慶本作「使」。

❷「空」下，隆慶本有另行「又」字，南圖本有另行「答王信伯」四字。

答祁居之書❶

焞前年冬末相别，兩見改歲，衰老日甚。幸未昏憒，亦不敢虚度時日。十二月末到會稽。初至，稍困人事，今即遂安居。經夏，别無所苦，不煩遠念。半月前有人傳言，在餘杭幹事。方怪咫尺無一字見及，忽收專問，獲聞動静，欣慰可知。示諭附來書，未嘗得一，何也？今後非的便，不可附書，彼此無益。故此中未嘗附書者，蓋以此也。川中諸公，未嘗通問。馮貫道四月間專遣人至，猶題黔州通判銜位。向在桐廬，見除梁山軍，未嘗來行朝，傳之者妄也。伯世何故尚留枝江？缺在何時？仲志在廬山，有所授未？景實來别，其兄德元往來過此，相聚甚款，不講人事，終日相從。德元在四明時通書，敦智間相見，此亦有一二學者相見，不保其往，恐知之。李習之《復性書》三篇，舊亦常讀。偶記韓退之《與孟簡書》云：「籍、湜輩雖屢指教，不知果能不叛去否？」習之亦韓門生也，却晚從釋氏，無足怪者。古人尚如此，況今日時去時來，果求何事？果見何理？而望終始不移，大難大難！居仁時得書見，勉倡此道。然老拙之職似當然，其如力薄何？此道如青天白日，誰不見之？昧者汩以利欲，一出一入，望知其至多，見其無益也。吾子勉旃，相會未期，暑氣尚炎，萬萬倍加保重。令弟必且在左右，不敢致問。秉筆揮汗，信筆作此，言無次叙，一讀焚之可也。六月二十五日，焞書啓上。

❶ 「書」，原無，據目録補。

答謝用休書

焞頓首拜啓：向在行朝，遠辱惠問，尋亦拜答，以致謝悃，未審得達聽覽否？忽忽三年，不獲嗣音，想無便而然也。季夏極暑，伏惟燕居多暇，尊候萬福。焞已未仲春，得請宫祠，來居姑蘇虎丘山寺，人事廢絶，雖欲上狀，無從可致，未知高明能亮督否？年老多病，去歲乞致仕，蒙恩允許。今春初，隨壻氏邢純來寓會稽。偶虞教授仲琳時見過，志學之士也，赴仙鄉新任，遂專附手啓上問，伏幸照察不周。焞頓首再拜，用休先輩、友兄閣下。六月二十六日謹空。

焞蒙録示先生《雜説》，至感！至感！《易傳》必有此書，先生自爲，無一字可疑，向亦嘗與虞君言之矣。向在川中，見印行先生文字，焞有數伯字以辯之，未暇録呈。思叔祭先生文，已收得久矣。當時同祭者，范棫、孟厚、焞四人，亦恐要知。焞再拜。

焞再拜啓：焞處此之樂否，虞皆悉之，不果縷陳。向得請退閑，甚欲得謀居仙鄉，以力薄不能遂適。去年夏，偶壻氏除此中差遣，去彼不遠，仍是一路，此心終欲一到左右，又未知何如，人事未易前期也。向同來洛中諸兄，誰且安處鄉里者？後來俊秀，繼此學者爲誰？因有的便，切望示諭。在洛中時，曾有收得先生文字，或當時答學者之問者否？❶老兄不憚煩爲寄及，幸甚！幸甚！貴聚萬福。令嗣幾人相別久矣，南

❶「否」，隆慶本作「告」。

北遼遠，皆不知聞，並乞批諭。專托虞公尋訪高隱，未得詳悉，併冀照亮。

焞再拜啓：得虞教授書，知吾友作學録，甚慰鄙懷。今虞君作教官，吾友爲録，使鄉校知此道者衆，何難之不易也？虞君鄉論甚美，於此道信之極篤，每相見多言及此，但恨未能盡所欲言。見而知之與聞而知之，氣味未可據道。在吾友，尤宜勉。不妄！不妄！焞再拜上。

和靖尹先生文集卷之五

壁　帖

聖　學

聖可學乎？曰：「可。」曰：「有要乎？」曰：「有。」「請問焉？」曰：「一爲要。一者，無欲也。無欲則静虚、動直。静虚則明，明則通。動直則公，公則溥。明、通、公、溥，庶矣乎。」❶焞謹書。

曾子曰：「以能問於不能，以多問於寡，有若無，實若虚，犯而不校，昔者吾友嘗從事於斯矣。」

子曰：「君子成人之美，不成人之惡。小人反是。」

公都子問曰：「鈞是人也，或爲大人，或爲小人，何也？」孟子曰：「從其大體爲大人，從其小體爲小人。」曰：「鈞是人也，或從其大體，或從其小體，何也？」曰：「耳目之官不思而蔽於物，物交物，則引之而已矣。心之官則思，思則得之，不思則不得也。此天之所與我者。先立乎其大者，則其小者弗能奪也，此爲大人而

❶「乎」下，隆慶本、南圖本有「聖學」二字。

已矣。」

孟子曰：「居下位而不獲於上，民不可得而治也。獲於上有道：不信於友，弗獲於上矣。信於友有道：事親弗悦，弗信於友矣。悦親有道：反身不誠，不悦於親矣。誠身有道：不明乎善，不誠其身矣。是故，誠者，天之道也；思誠者，人之道也。至誠而不動者，未之有也。不誠，未有能動者也。」

學者捨禮義，則飽食終日，無所猷爲，與下民一致，所事不踰衣食之間、燕游之樂耳。

君子之道，成身、成性以爲功者也。未至於聖，皆行而未成之地爾。

益物必誠，如天之生物，日進日息。自益必誠，如川之方至，日增日得。施之妄，學之不勤，欲自益且益人，難矣哉！《易》曰：「益，長裕而不設。」設謂虛設。信夫！銘諸牖以自訟。紹興八年正月二十二日，焞謹書。

子貢問曰：「有一言而可以終身行之者乎？」子曰：「其恕乎！己所不欲，勿施於人。」

可願可欲，雖聖人之知不越，盡其才以勉焉而已。故君子之道四，雖孔子自謂未能。博施、濟衆、修己、安百姓，堯舜病諸。是知人有願有欲，❶不能窮其願欲。

子貢曰：「君子亦有惡乎？」子曰：「有惡。惡稱人之惡者，惡居下流而訕上者，惡勇而無禮者，惡果敢而窒者。」曰：「賜也，亦有惡乎？」「惡徼以爲知者，惡不孫以爲勇者，惡訐以爲直者。」

---

❶ 「人」下，隆慶本有「能」字。

孔子曰：「君子有三畏：畏天命，順吉逆凶，天之命也。畏大人，與天地合其德。畏聖人之言。小人不知天命而不畏也，狎大人，侮聖人之言。」

子曰：「可與言而不與言，失人；不可與言而與之言，失言。知者不失人，亦不失言。」

子曰：「其言之不怍，則爲之也難。」内有其實，則言之不慙。

樊遲問仁。子曰：「居處恭，執事敬，與人忠。雖之夷狄，不可棄也。」

子貢問友。子曰：「忠告而善道之，不可則止，毋自辱焉。」

耳目口鼻，四支之欲，性也。然有分焉，不可謂我須要得，是命也。仁義禮智，天道在人，賦分有厚薄，是命也。然有性焉，可以學，故不謂性。

君子素其位而行，不願乎其外。素富貴，行乎富貴；素貧賤，行乎貧賤；素夷狄，行乎夷狄；素患難，行乎患難；君子無入而不自得焉。在上位不陵下，在下位不援上，正己而不求於人則無怨。上不怨天，下不尤人。故君子居易以俟命，小人行險以徼幸。子曰：「射有似乎君子，失諸正鵠，反求諸其身。」

君子之遇事，無巨細，一於敬而已。簡細，故以自崇，非敬也。飾私智以爲意，非敬也。要之，無敢慢而已。樊遲問仁，子曰：「居處恭，執事敬，與人忠。雖之夷狄，不可棄也。」然則執事敬，固爲仁之端。推是心而成之，則篤恭而天下平矣。

寥寥天氣已高秋，更倚凌虚百尺樓。世上利名群蠛蠓，❶古來興廢幾浮漚。退安陋巷顔淵樂，不見長安李白愁。兩事到頭須有得，我心處處自優游。

閑來無事不從容，❷睡覺東窗日已紅。萬物静觀皆自得，四時佳興與人同。道通天地有形外，思入風雲變態中。富貴不淫貧賤樂，男兒到此是豪雄。右《秋日偶成》。紹興十年十月初七日，天氣清明，因筆書此，時居桐廬縣廨西西齋。❸

能言未是難，行得始爲難。須是真男子，方能無厚顔。

曉日都門颭旆旌，❹晚風鐃吹入三城。知公再爲蒼生起，不是尋常刺史行。

聞説獼猴性頗靈，相車來便滿山迎。鞭羸到此曾何見，始覺毛虫亦世情。❺

孔子生知非假習，孟軻先覺亦須修。誠明本屬吾家事，自是今人好外求。右《誠明吟》。❻

言滿天下無口過，行滿天下無怨惡。言行，君子之樞機，可不慎乎？戒之慎之！日慎一日！造次顛

---

❶「群」，隆慶本作「懐」。
❷「事」，隆慶本作「物」。
❸「西西」，隆慶本、南圖本不重。
❹「颭」，隆慶本、南圖本作「颭」。
❺「亦」，隆慶本、南圖本作「更」。
❻「吟」下，隆慶本有「康節先生」四字。

沛，常在于斯。十一月初二日，尹焞謹書。

先生接物，辨而不間，感而能通。教人而人易從，怒人而人不怨，賢愚善惡咸得其心。狡僞者獻其誠，暴慢者致其恭。聞風者誠服，覿德者心醉。雖小人以趣向之異，顧於利害，時見排斥，退而省其私，未有不以先生爲君子也。觀此，甚有省處。君子所不可及者，其惟人之所不見乎？《詩》曰：「相在爾室，尚不愧于屋漏。」

《詩》云：「潛雖伏矣，亦孔之昭。」故君子内省不疚，無惡於志。

上天之載，無聲無臭可象，正惟儀形文王，當冥契天德，而萬邦信説。故《易》曰：「神而明之，存乎其人。」

賈瓊問群居之道。子曰：「同不害正，異不傷物。」曰：「可終身而行乎？」子曰：「烏乎而不可也？❶古之有道者，内不失真而外不殊俗。夫如此，故全也。」

薛收問：「聖人與天地如何？」子曰：「天生之，地長之，聖人成之。故天地立，而易行乎其中矣。」

第一

《乾》《坤》《屯》《蒙》《需》《訟》《師》《比》《小畜》《履》

第二

---

❶「而」，隆慶本作「其」。

《泰》《否》《同人》《大有》《謙》《豫》《隨》《蠱》《臨》《觀》

第三

《噬嗑》《賁》《剥》《復》《無妄》《大畜》《頤》《大過》《習坎》《離》

第四

《咸》《恒》《遯》《大壯》《晉》《明夷》《家人》《睽》《蹇》《解》《損》《益》

第五

《夬》《姤》《萃》《升》《困》《井》《革》《鼎》《震》《艮》《漸》《歸妹》

第六

《豐》《旅》《巽》《兑》《渙》《節》《中孚》《小過》《既濟》《未濟》

䷘震下乾上。天上震下。震，動也。動以天，爲無妄；動以人欲，則妄矣。無妄之義，大矣哉！

《象》曰：天下雷行，物與無妄。先王以茂對時，育萬物。

無妄，元亨利貞。

無妄，天之道也。卦言人由無妄之道也。利貞，法無妄之道。利在貞正，失貞正，則妄也。雖無邪心，苟不合正理則妄也，乃邪心也。故有匪正，則爲過眚。

䷚震下艮上。《象》曰：山下有雷，頤。君子以慎言語，節飲食。

動息節宣以養生，飲食衣服以養形，威儀行義以養德，推己及物以養人。

山下有雷，頤。君子以慎言語，節飲食。

君子觀其象以養其身，慎言語以養其德，節飲食以養其體。

☱巽下兑上。《象》曰：澤滅木，大過。君子以獨立不懼，遯世無悶。

君子觀《大過》之象，以立其大過人之行。天下非之而不顧，獨立不懼也。舉世不見知而不悔，遯世無悶也。

☶艮下艮上。《象》曰：兼山，艮。君子以思不出其位。

子曰：「不在其位，不謀其政。」曾子曰：「君子思不出其位。」

艮，止也。時止則止，時行則行。動静不失其時，其道光明。

艮爲止。止之道，惟其時。行止動静不以時，則妄也。不失其時，則順理而合義。在物爲理，處物爲義。動静合理義，不失其時也，乃其道之光明也。君子所貴乎時，仲尼行止久速是也。艮體篤實，❶有光明之義。

六五，艮其輔，言有序，悔亡。

人之所當慎而止者，其言行也。五在上，故以輔言。輔，言之所由出也。艮其輔，則不妄出而有序也。言輕發而無序，則有悔。止之於輔，故悔亡也。有序中節，有次序也。輔與頰舌，皆言所由出，而輔在中。

❶「篤」，南圖本作「爲」。

艮其輔，謂止於中也。

《象》曰：艮其輔，以中正也。

五之所善者，中也。艮其輔，謂止於中也。言以得中爲正，止之於輔，使不失中，乃得正也。

䷩震下巽上。《象》曰：風雷，益。君子以見善則遷，有過則改。

䷡乾下震上。《象》曰：雷在天上，大壯。君子以非禮弗履。❶

䷙乾下艮上。《象》曰：天在山中，大畜。君子以多識前言往行，以畜其德。

䷨兌下艮上。《象》曰：山下有澤，損。君子以懲忿窒慾。

初九，不遠復，無祇悔，元吉。

復者，反來復也。❷陽，君子之道，故復爲反善之義。初剛陽來復，處卦之初，復之最先者也，是不遠而復也。失而後有復，不失則何復之有？惟失之不遠而復，則不至於悔，大善而吉也。祇，抵也。《玉篇》云：「接也。」義亦同。無祇悔，不至於悔也。《坎》卦曰「祇既平，無咎」，謂至既平也。顔子無形顯之過，夫子謂其庶幾，乃無祇悔也。過既未形而改，何悔之有？既未能不勉而中，所欲不踰矩，是有過也。然其明而剛，故一有不善，未嘗不知。既知，未嘗不遽改。故不至於悔，乃不遠復也。

❶「履」，南圖本作「復」。

❷「反」上，據北宋程頤《易傳》當有「陽」字。

《象》曰：不遠之復，以脩身也。

不遠而復者，君子所以脩其身之道也。學問之道無它也，惟知其不善則速改，以從善而已。

隨，元，亨，利，貞，無咎。

隨之道，可以致大亨也。君子之道，爲衆所隨，與己隨於人，及臨事擇所隨，皆隨也。隨得其道，則可以致大亨也。凡人君之從義，❶臣下之奉命，學者之從義，臨事而從長，皆隨也。隨之道，利在於貞正，隨得其正，然後能大亨而無咎。失其正，則有咎矣，豈能亨乎？

隨時之義，大矣哉！

君子之道，隨時而動，從宜適變，❷不可爲典要。❸非造道之深，知幾能權者，不能與此也。故贊之曰：「大矣哉！」凡贊之者，欲人知其義之大，玩而識之也。此贊隨時之義大，與《豫》卦以下諸卦不同，諸卦時與義是兩事。

《易》之興也，其於中古乎？作《易》者，其有憂患乎？是故《履》，德之基也。《謙》，德之柄也。《復》，德之本也。《恒》，德之固也。《損》，德之修也。《益》，德之裕也。《困》，德之辯也。《井》，德之地也。《巽》，

❶「義」，隆慶本作「善」。
❷「變」，隆慶本作「便」。
❸「典」，原作「曲」，據隆慶本改。

德之制也。《履》和而至。《謙》尊而光。《復》小而辯於物。《恆》雜而不厭。《損》先難而後易。《益》長裕而不設。《困》窮而通。《井》居其所而遷。《巽》稱而隱。《履》以和行。《謙》以制禮。《復》以自知。《恒》以一德。《損》以遠害。《益》以興利。《困》以寡怨。《井》以辯義。《巽》以行權。

讚《易》曰：❶至《序卦》曰：「大矣！ 時之相生也。達者可與幾矣。」至《雜卦》曰：「旁行而不流，守者可與存義矣。」子曰：「名實相生，利用相成，是非相明，去就相安也。」

鳴鶴在陰，其子和之，我有好爵，吾與爾縻之。

子曰：「君子居其室，出其言善，則千里之外應之，况其邇者乎？ 居其室，出其言不善，則千里之外違之，况其邇者乎？ 言出乎身，加乎民。行發乎邇，見乎遠。言行，君子之樞機。樞機之發，榮辱之主也。言行，君子之所以動天地也，可不慎乎？」

孔子上

《春秋》正王道，明大法也。孔子爲後世王者而修也。亂臣賊子誅死者於前，所以懼生者於後也。宜乎！ 萬世無窮，王祀孔子，報德報功之無盡焉。

---

❶ 「讚」上，隆慶本有「子」字。

孔子下

道德高厚，教化無窮，實與天地參而四時同者，其惟孔子乎！

顔子

顔子一簞食，一瓢飲，居陋巷，人不堪其憂，而不改其樂。夫富貴，人之所愛者也，顔子不愛不求而樂乎貧者，獨何心哉？天地間有至貴至愛，可求而異乎彼者，見其大而忘小焉耳。得其大，則心泰；心泰，則無不足，❶則貴富賤貧處之一也。處之一，則能化而齊，故顔子亞聖。

畏天命，則可以不失付畀。畏大人，如此尊嚴，而亦自可畏。畏聖人之言，則可以進德。三者，學者之宜慎，予其思之。

窮不能卷，達不能舒，謂之知道，不亦難乎？右《窮達吟》。

《中庸》曰：「大哉！聖人之道。洋洋乎！發育萬物，峻極于天。優優大哉！禮儀三百，威儀三千。❷

---

❶「足」下，隆慶本有「無不足」三字，屬下句。

❷「威儀」，隆慶本、南圖本作「曲禮」。

待其人而後行。❶ 故曰苟不至德，至道不凝焉。」皆是一貫。

萬物之生意最可觀，此「元者，善之長也」。茂叔窗前草不鋤去，云與自家意思一般。觀天地生物氣象，靜坐獨處不難；居廣居，應天下爲難。

民之秉彝也，故好是懿德。萬物皆有理，順之則易，逆之則難。各循其理，何勞於己哉？人心莫不有知，惟蔽於人欲，則亡也。天理，皆實理也，人而信者爲難。

子曰：「治亂，運也。有乘之者，有革之者。窮達，時也。有行之者，有遇之者。吉凶，命也。有作之者，有偶之者。一往一來，各以數至，豈徒云哉？」

意未萌于心，言未出諸口，神莫得而窺，人莫得而咎。君子貴慎獨，上不愧屋漏。人神亦吾心，口自處其後。

天命之謂性，率性之謂道，脩道之謂教。道也者，不可須臾離也，可離非道也。是故君子戒慎乎其所不睹，恐懼乎其所不聞。莫見乎隱，莫顯乎微，故君子慎其獨也。喜怒哀樂之未發，謂之中；發而皆中節，謂之和。中也者，天下之大本也；和也者，天下之達道也。致中和，天地位焉，萬物育焉。

身生天地後，心在天地前。天地自我出，自餘何足言。右《自餘吟》。

家請官供不報答，無異雀鼠偷太倉。

❶「而」，隆慶本、南圖本作「然」。

子言：「讀書者，當觀聖人所以作經之意，與聖人所以用心，與聖人所以至聖人，而吾之所以未至者，所以未得者，句句而求之，晝誦而味之，中夜而思之。平其心，易其氣，闕其疑，則聖人之意見矣。」

困辱非憂，取困辱惟憂。榮利非樂，忘榮利惟樂。

子張問行。子曰：「言忠信，行篤敬，雖蠻陌之邦行矣。言不忠信，行不篤敬，雖州里行乎哉？立，則見其參於前也；❶在輿，則見其倚於衡也。夫然後行。」子張書諸紳。

吾不仕，故成業。不動，故無悔。不廣求，故得。不襍學，故明。

論性不論氣，不備。論氣不論性，不明。二之，則不是。

薛收問《易》。子曰：「天地之中非他也，人也。」收退而歎曰：「乃今知人事，修天地之理得矣。」

周之人以石之韞玉者爲朴。❷鄭人之言，以鼠之腊者爲朴。❸鄭謂周曰：「欲朴乎？」周人大説，願屬目。出而視之，❹死鼠也，唾之而去。

視聽言動，行住坐卧，謹之慎之，日求寡過。

---

❶「也」，隆慶本無此字。
❷「朴」，隆慶本作「璞」。
❸「腊」，原作「暗」，據隆慶本改。
❹「視」，隆慶本作「示」。

君子行禮，不求變俗。

踐形有説常希孟，樂内無功可比回。

子曰：「語之而不惰者，其回也與！　其言之不怍，則爲之也難。」

言輕則招憂，行輕則招辜，貌輕則招辱，好輕則招淫。

視聽、思慮、動作，皆天也。但人於其中，要識得真與妄耳。不能動人，只是誠不至。於事厭倦，皆是無誠處。由孟子，則可以觀《易》。

言有教，動有法。晝有爲，宵有得。息有養，瞬有存。

二月二日至此，閑過時日甚多。處此室不勤于學，誠吾師之罪人也。三月十五日書。

九月十九日。已後人有長短是非，不須論説。人各是其所是，而非其所非，似非己事，安知人不以己是爲非乎？　戒之慎之，無蹈前過也。置之目前，日當三省。

治心以正，保躬以静。進退有義，得失有命。守道在己，成功則天。爲者敗之，不如自然。温公《無爲贊》。

多聞前古聖賢之言與行，考跡以觀其用，察言以求其心，識而得之，以畜成其德。

子居家，雖孩孺必狎。其使人也，雖童僕必斂容。

罪莫大於好進，禍莫大於多言，病莫大於不聞過，辱莫大於不知耻。

或問：「一日静坐，見萬事平等無礙，皆在我和氣中，此是仁否？」曰：「是静中之功，蓋心虚氣平而然。須於應事時，常有此氣象方好。」

子曰：「鬼神之爲德，其盛矣乎！視之而弗見，聽之而弗聞，體物而不可遺。使天下之人齊明盛服，以承祭祀。洋洋乎！如在其上，如在其左右。《詩》曰：『神之格思，不可度思！矧可射思！』夫微之顯，誠之不可揜如此夫？」

君子寧言之不顧，不規規於非義之信；寧身被困辱，不徇人以失禮之恭；寧孤立無助，不失親於可賤之人。三者，知和而能以禮節之也。誠哉斯言！守而勿失。

好仁如好色，好仁爲甚矣。見過而内自訟，惡不仁而不使加乎其身，惡不仁爲甚矣。學者不如是，不足以誠其身。❶故孔子未見其人，必歎曰「已矣夫」，思之甚也。

子曰：「素隱行怪，後世有述焉，吾弗爲之矣。君子遵道而行，半途而廢，吾弗能已矣。君子依乎中庸，遯世不見知而不悔，唯聖者能之。」

古人避地隱居，須慎其所處。不爲人知姓名，乃善處者也。余尚未能絶交息游，是爲深病。年將七十，學不日進，道不加修，碌碌隨衆，實爲人世間一蠹物耳。書此以自訟。九月初七日謹書。

可勉者行，可信者言，可委者命，可託者天。《四可吟》

言不可妄，行不可隳，命不可忽，天不可違。《四不可吟》

耳不妄聽，目無妄顧，口無妄言，心無妄慮。四者不妄，聖賢之具。余何人哉？敢不希慕。季春初九

❶「誠」，隆慶本、南圖本作「成」。

日，焞謹書。

寸心明徹物難方，質直從來氣焰長。何事陋居藏不得，畫堂金殿借餘光。

百年光景擲梭如，無事休將世網拘。天蓋地承今昔在，争名懷利一歸虚。紹興十年三月中澣日，虎丘西庵三畏齋書。

和靖尹公先生遺墨一卷，❶皆先生晚歲片紙手書聖賢所示治氣養心之要，粘之屋壁以自警戒者，其家緝而藏之。今陽夏趙侯，刻寘臨川郡齋，摹本見寄。熹竊惟念前賢進脩不倦，死而後已。其心炯炯，猶若可識。而趙侯所以摹刻之意，又非取其字畫之工，以供好事者之傳玩而已。捧讀終篇，怳然自失。因敬識其後，以自詔云。淳熙丙申三月丁巳，新安朱熹敬書。

和靖先生所居之齋，多以片紙書格言、至論寘于牕壁間，今往往藏於其家，如此所刻是也。反復玩繹遐想，其感發之趣深，存體之功至，而浹洽之味爲無窮也。嗟乎！學者於此，亦可以得師矣。淳熙丙申三月壬戌，廣漢張栻謹書。

❶「墨」，隆慶本作「書」。

和靖尹先生文集卷之六

師說　上❶

《中庸》曰：「人莫不飲食也，鮮能知味也。」時敏他日問進德之序，先生曰：「進德須忠信。忠不欺，信不詐，不詐不欺，故可入德。昔夫子蓋嘗以『主忠信』告子張矣。《易》曰：『忠信，所以進德也。』」

先生每與時敏講書，必具衣冠，或深衣。講畢，則曰：「盡誠及物者，我也。誠之者，其在子乎！」或引呂與叔《中庸後》曰：「諸君有意今日之講，猶有望焉。無意，則不肖。自爲譊譊無益，不幾於侮聖言者乎？」

先生曰：「學者切不可以富貴爲大事。富貴倘來之物，纔役心於此，則不可爲學矣。」

先生曰：「學者須是誠，須是敬。敬則誠矣。故《易》曰：『君子敬以直內。』若色厲内荏，譬諸小人，其猶穿窬之類也歟！」

---

❶「師說上」，南圖本作「會稽師說」，不分卷。

先生曰：「君子之爲學，問欲切，思欲近。若泛問而遠思，豈有所得哉？雖子夏之言，實有可取。」

先生曰：「學者不可無師友，師道嚴，須是友。觀《易·兑卦》，全説朋友。公且看樊遲問仁，孔子告以『愛人』；問知，告以『知人』。孔子竭始終言之，當時樊遲無所進，故又告以『舉直錯諸枉，能使枉者直』，遲復無所進。及退而見子夏，子夏且以舜、湯之事言之，然後釋然，不復問。朋友之得，可謂多矣。」因言：「某昔從伊川，問不切，只是不答。若要切切偲偲，是朋友。」❶

先生曰：「孔、孟之門所以有大過人者，只是盡誠。公且看孔子閒居，閔子侍側，誾誾如也；子路，行行如也；冉有、子貢，侃侃如也。子樂所樂者，蓋樂四子畧無僞飾。至子路終不得其死，則見於『行行』，其有僞乎？」

先生曰：「孔、孟門第，更無隱情，有疑便問。且如短喪、學稼，樊遲、宰我豈不知是小人不仁之事？蓋心有疑，不得不問。若不問，則終於自信矣。又如公孫丑問孟子：『夫子當路於齊，管仲、晏子之功可復許乎？』孟子『乃所願，則學孔子』，丑豈不知？亦見管、晏之功大，故舉而比之。得孟子一言之後，方知孟子之志在於道，而不在於功。後之人有所進益，亦公孫丑之力也。」

先生曰：「某在經筵進《論語解》，别無可取，只一篇序，却是某意。曰：『學貴力行，不貴空言。若欲意義新奇，文辭華贍，則非臣所知。』此是某意。」

---

❶「是」上，南圖本有「須」字。

時敏欲學讀《孟子》，問曰：「《孟子》不知誰解得好？」先生曰：「無出趙氏，公且看趙氏注。」因曰：「某被旨解《孟子》，《孟子》逐段自説分明。今更不復解，但與逐段作一説，提其要而已。」

先生曰：「孟子稱：『惟仁者爲能以大事小，惟知者爲能以小事大。』兩句若不相干？」數日後，復申前説。時敏曰：「莫是仁智自此可見？以吾之大事彼之小，非仁者不能。蓋勢雖可爲而不忍爲，此所謂樂天。以小事大，但勢不敵，勉事之而已。所謂知者，知之也，故曰『畏天』。」先生曰：「是也。王、伯之分，於此可見。」

先生曰：「孟子之書，讀來讀去，不覺快活。」時敏問：「如何？」先生曰：「公且看關一也。古爲關以禦暴，今爲關以爲暴。爲暴大段不干事。」

先生曰：「明道説：『萬取千，千取百』最好，齊語謂『某處取某處遠近』。」

先生曰：「孟子浩然之氣，若非公孫丑之問，終不發出來，丑可謂有功矣！」

時敏問：「周公須得兼三王如何？」先生曰：「此聖人之公也。」

吕紫微書問：「配義與道，道、義如何分？」先生曰：「道是總名，義則見於事。」

時敏問：「許大伊尹，孟子只看一箇『任』字與之，恐不足以盡伊尹？」先生曰：「不然。孟子説話，字字要秤停。賢看他在畎畝時，只知以堯、舜之道自任。及幡然而起，則以天下自任。故曰：『匹夫、匹婦有不與被堯、舜之澤，若己推而納之溝中。』非『任』而何？」

先生曰：「孟子説話，字字秤停，不肯妄與。如曰：『子路，人告以有過則喜。禹聞善言則拜。大舜有大焉，善與人同，舍己從人。』喜與拜固自不同，况能舍己從人，其氣象又大矣。非孟子，誰識之？」

先生曰：「《孟子》大段好文字。」時敏請益，先生曰：「孟子只要説箇爲政不因先生之道，可謂智乎？直自離婁之明説來，三代以後那有這文字。」

時敏問：「責難如何是恭？陳善閉邪如何是敬？」先生曰：「敬主内，言陳不陳在我。恭主外，言聽不聽在君。在我者，不可不敬。在君，則當致恭而已。故孔子言九思，事思敬、貌思恭。孟子亦曰：『我非堯、舜之道不陳，莫如我敬王也。』」

先生曰：「讀書要識賢者氣象，樂正子便自與孟子不同。魯平公將見孟子，嬖人臧倉沮之，樂正子未免言焉。孟子便别曰：『吾之不遇，天也。臧氏之子焉能使予不遇！』正與公伯寮愬子路意同。」

時敏問：「養生何故不足當大事，惟送死可以當大事？」先生曰：「父母之生，好惡取捨猶有言焉。孝子則順其志而已可也，故未足以當大事。及其亡也，子無所請，親無所言，好惡取捨子之心，親之心，始足盡其事而已。故曰『惟送死可以當大事』。」

時敏問：「告子生之謂性，如何？」先生曰：「生之謂性，説得自是白玉、白羽、白雪，其白一也。只是被孟子以牛之性、人之性爲問，便錯了、倒了。只是内不明。」

時敏問：「《易傳》解『知至至之，知終終之』，引始終條理，其義何如？」先生曰：「此一段孟子别解得分明，曰：『始條理者，知之事也。』故譬則巧，今人運用智巧以求合乎事意者，皆是矣。至於終條理者，須是『聖人之事也』。故譬則力，智巧不侔焉。《易》曰『可與幾』者，便是智之事也；『可與存義』者，便是聖之事也。孟子尚慮人未曉，直以射譬之曰：其至者，雖爾力量之所及，其中，則非力也，用巧而已。三子自巧至聖，皆得一偏。若孔子，則集大成矣。故集大成，孟子指爲孔子而言。所謂集者，非取諸三子也。」

先生曰：「『掘井九仞而不及泉，猶爲棄井也。』此孟子説盡《井卦》。孰謂孟子尤長於《詩》、《書》？要看《易》，先讀《孟子》一遍。」

先生曰：「『操則存，舍則亡。出入無時，莫知其鄉。』此孟子説心，非説性也。」

先生曰：「德壽問某：『紂亦是君，孟子何故謂之一夫？』某曰：『此非孟子之言。』上曰：『誰言？』曰：『此武王誓師之辭也：獨夫紂，洪惟作威。』上又曰：『君視臣如土芥，則臣亦便可視君如寇仇？』某曰：『此亦非孟子之言。』上曰：『誰言？』曰：『此三代之民言也：撫我則后，虐我則讐。』上大喜。他日，謂趙丞相曰：『朕嘗以此問張九成，九成曰：才不爲君，便是獨夫。若尹某，可謂明矣。若九成，殊不曉他意。』」

先生謂時敏曰：「齊宣王問湯、武之事有諸，孟子對以『一夫』，蓋以警當時時君。若土芥一段，孟子告齊宣之語。此『告』字，當如《書》『入告爾后』之『告』，同言君臣義合，報施之道必爾，亦所以深曉時君也。」

時敏因侍坐，語及《孟子》。先生曰：「近來看得如何？」對曰：「數日看得無爲其所不爲，無欲其所不欲。」先生大聲曰：「如斯而已矣。」既而曰：「盡得此，便是聖人。」

時敏請《論語》，先生曰：「須莊敬。見得如弟子之問，孔子之答。又見得弟子之言，與孔子之言，亦自有輕重。」因曰：「某昔在伊川席下，一日問某曰：『賢看《論語》如何？』某曰：『看《論語》句句是實。』伊川曰：『善自涵養。』」

先生曰：「某一日侍坐於伊川，請曰：『某看曾子三省，誠而已。』伊川曰：『不意賢看到此緊要處。』」❶紫微呂公領子文，同問學於先生，曰：「弟子入則孝，出則弟，謹而信，汎愛衆，而親仁。行有餘力，則以學文。」呂即令文起，拜而書之紳。

時敏侍坐，有蚵蛂出於籬下，先生指之曰：「天地之間，無物不養。此雖細微，在所不棄。」因曰：「某往年在伊川席下，張思叔亦在，某問先生：『人不可以無一箇量？』先生曰：『賢要量如何大？』某曰：『須是如江河大。』先生曰：『聖人之量有甚窮盡？』某曰：『先生何以見其無窮盡？』先生曰：『於孔子見之，事君盡禮，人以爲謟也。若他人，須着一箇小人字，賢且看聖人之量如何大。』」

時敏問：「『三年無改於父之道，可謂孝矣。』如其道，終身無改可也。如其非道，何待三年？」先生曰：「喪不過三年，示民有終也。三年，則天時一變。先王制禮，設爲中制，使知者不敢過，不肖者不敢不及。三年無改，孝子之心有所不忍故也。」曰：「鯀則殛死，禹乃嗣興，則改之何速也？」先生久之曰：「賢讀《書》不子細。鯀九載績用不成，堯誅之。堯崩三年，喪畢，舜始命禹以平水土。何止三年？」時敏歸以語呂文，呂曰：「『子細』二字極好。」故呂教人，必以「子細」。先生教人，全在涵養。

時敏問：「有子曰『禮之用，和爲貴』一段，望先生垂教。」先生曰：「賢且讀，教句法分明。」曰：「『禮之用』是一句，以和爲貴，故『先王之道，斯爲美』。『小大由之』，言君子、小人皆得行此，以和爲重也。却『有所

❶「意」，南圖本作「易」。

不行』者，知和矣。『不以禮節之，亦不可行』者，要以禮爲重也。大抵讀書，須是句法分明，下一字重。」

時敏問：「有子曰：『其爲人也孝弟，而好犯上者鮮矣。不好犯上，而好作亂者，未之有也。』此『好』字，欲如『仁者能好人』之『好』同，如何？」先生曰：「不須如此説，只是孝弟，順德也。順德，自無犯上，況作亂乎？」

省試出《克己復禮爲仁論參詳》，朱希直來問：「一日克己復禮，如何天下歸仁？」先生曰：「天下那有兩箇道理？孟子曰：『萬物皆備於我矣。反身而誠，樂莫大焉。』到那誠處，天下自然歸仁。」朱退。時敏問：「如何誠處，便天下歸仁？」先生曰：「孔子只説仁，不説誠。子思、孟子説出誠來，故曰：『誠者，天之道也。』又曰：『誠者，物之終始。不誠無物。』到那誠處，便是仁，天下安能外此哉？故曰歸仁。」

先生曰：「《語》云：『三分天下有其二，以服事殷，周之德，可謂至德也已矣。』此一段極好玩味。且周自稷封邰，至大王自邠遷岐，其時已自爲西伯。文王受命之祖，三分天下有二，非取諸殷也。非取諸殷，而以三分有二之天下不失臣節，此所以爲至德也歟？又如舜，白手將一箇天下與禹。兩聖人氣象如何地大！故曰舜、文『若合符節』。」

時敏問：「『子在川上』一段，先儒有以死生爲言者，其説如何？」先生曰：「不如此。某嘗以此問伊川，伊川曰：『此蓋形容道之體也。天運而不已，日往則月來，寒往則暑來，水流而不息，物生而不窮，可窺而易見者，莫如川。君子法之，自强不息。及其至也，純亦不已。』某亦引解在第九篇。」

先生謂時敏曰：「賢在此，飲食恐麤糲？」時敏起謝曰：「時敏田家子，本無食禄分。今來分先生禄食，大段僭越，豈問麤糲！」先生笑曰：「『士志於道，而恥惡衣惡食者，未足與議也。』今士大夫好事治飲食，所謂『養其小體爲小人』。」因目其左右云。

先生曰：「『君子喻於義，小人喻於利。』惟其喻之，是以好之。」

時敏問：「子貢曰：『夫子之文章，可得而聞也；夫子之言性與天道，不可得而聞也。』且夫子之文章未嘗言，子貢則曰『可得而聞』。性與天道，夫子既言之，則曰『不可得而聞也』。且性與天道如何分？」先生曰：「如何分得？子思曰『天命之謂性』，則合天人而言耳。蓋子貢於此始有所得，既曰文章可得而易言矣，故曰聞也。性、天道非如文章可得而易言。所謂言者，如曰言夫子之於性與天道云耳。故曰『不可得而聞也』。」

時敏問：「子見南子，子路何故不悦？」先生曰：「昔在洛，沈元用亦以此問，某曰：『聖人所爲，賢人自不識。子路在當時已疑，況公生千載之後？自是疑也。』沈曰：『使先生，見南子否？』曰：『某不敢見。』沈曰：『何故？』曰：『待其磨不磷，涅不緇，雖佛肸召亦往，況南子乎？』沈曰：『某七年之疑，今日頓釋。』某曰：『未也，離此去，却又疑。』」因謂時敏曰：「南子非正，而靈公以爲夫人，使見夫子。夫子雖不欲見，安能拒之？子路以夫子爲彼强也，故不悦。夫子爲陳不得已之故，若道之否塞，蓋天厭之。《易》曰：『見惡人，無咎。』《象》曰：『見惡人，以避咎也。』」

時敏問：「葉公問孔子於子路，何故不對？莫是子路誚葉公，有許大夫子而不知，故不對歟？」曰：「非也，亦夫子難於形容。賢且看夫子自道，不過曰『發憤忘食，樂以忘憂』而已。發憤忘食，知之事也。樂以忘憂，仁之事也。仁且智，夫子聖矣乎！若常人，不過誇大而已。」

有新第人來見，先生退。先生爲時敏講《論語》第七篇，吕憲又送改官文字，邢叔端舉家甚喜。先生曰：「人心固不足，秀才望得解，得解望及第，緑衫望緋衫，緋衫望紫衫，何時是已？此所謂『小人長戚戚』。」因曰：「前輩各別，歐陽公及第後，棄其所業，與伯祖師魯習古文。近來如謝顯道、楊中立，皆因及第後來隨伊川。」時敏歸，語吕文。吕曰：「先生長者，説話有益。某祖父侍講在家，亦有新第人來見，是親戚，不欲言其名。久之，曰：『某待將《三經新義》編成門類，以便學者。』侍講曰：『公更待應舉耶？』其人大慙。」

和靖尹先生文集卷之七

師說中

先生既進《語解》，一日德壽忽謂趙丞相曰：「朕看尹某日間所行，全是一部《論語》。」趙曰：「陛下可謂知人矣。」德壽問先生：「卿如何養得如此粹厚？」先生曰：「臣但一生不敢作過。」上笑之。汪聖錫亦嘗舉此。❶

先生爲時敏説《中庸》，至「居下位，不悦於上，民不可得而治也」，至「不誠，未有能動者也」，拱手曰：「孟子所得於曾子者，一言以蔽之，曰誠而已。今孟子全取此一段載於其書，但改『誠之者』一字爲『思誠』而已。其本在於曾子之『三省』，與夫『一唯』而已。可謂學問源流，遠有端緒，不失其正也如此。」先生嘗寫横渠數語於壁，曰：「益物必誠，如天之生物，日進日息。自益必誠，如川之方至，日增日得。施之妄，學之不

❶「此」下，南圖本多出如下文字：先生於卧榻前書一紙曰：「聖可學乎？」曰：「可。」曰：「有要乎？」曰：「有。」「請問焉。」曰：「一爲要。一者，無欲也。無欲則静虚動直；静虚則明，明則通；動直則公，公則溥。明、通、公、溥，庶矣乎！」

勤，欲自益且益人，難矣哉！《易・益》：『長裕而不設。』設謂虛設。信夫！銘諸牖以自訟。年月日，某謹書。」顧時敏曰：「横渠之學，可謂勤矣。其心不閑。」

先生嘗寫「言滿天下無口過，行滿天下無怨惡」兩句，帖之坐隅。顧謂時敏曰：「某寫此兩句，也有來道好者，也有愛其字而乞去者，不知知某意否。」時敏問：「先生之意如何？」先生曰：「某意在此兩句，未能得到。賢且看從不敢上做來，做來做去，做到無擇地位，自然滿天下而無過。」時敏再請益，曰：「前有非先王之法服，至説言行則不言服。及終，則又曰三者備矣。豈言行無盡，服則不可加益歟？」曰：「不然。天子以德言，諸侯以位言，卿大夫以服言，士以行言，庶人則以利言，此其大畧。服至於卿大夫，則有降而無益。益則是王，故只説言行。」他日，又再書其後曰：「言行，君子之樞機，可不慎乎？戒之！慎之！日慎一日，造次顛沛，常在於斯。月日，某謹書。」❶

先生曰：「某舊在洛赴試，試官出『中於事君論』。某謂朋舊：若出一箇『終於立身』，最難做。」時敏問：「如何？」先生曰：「孔子却不説終於事君，而曰『終於立身』，蓋立身最難。孟子曰：『事孰爲大？事親爲大。守孰爲大？守身爲大。不失其身而能事其親者，吾聞之矣。失其身而能事其親者，吾未之聞也。』故

---

❶「書」下，南圖本多出如下文字：先生嘗自書曰：「古人避地隱居，須慎其所處。不必人知其姓名，乃善處者也。予尚未能絶交息游，是爲深病。年將七十，學不加進，道不加脩，碌碌隨衆，實人世間蠹物耳。書此自謂。」

曰『終於立身』。」

時敏問：「事父母孝，如何便能事天明，事地察？明察如何？」先生曰：「天地一也。尊卑之辨，不得不爾。天地，萬物之父母也。父母，人子之天地也。那有兩箇道理？故事父母孝，則自然明察乎事天地之理。察，審而已。舜明庶物，察人倫是也。賢於此上，更宜涵養教分明。」

時敏問：「『身體髮膚，孝之始也。立身行道，孝之終也。孝道終始於此盡矣。』又曰：『始於事親，中於事君，終於立身。』前二而後三，且立身行道，非中於事君之謂耶？」先生曰：「前二者，言孝道之終始，不出乎行此三者。言行孝之道，不免有始、中、終之序。墨子二本，所以顛倒。」

吕紫微書問釋氏「生死輪回之説」，先生謂時敏曰：「居仁泥於生死輪回，某已作書喻之，引潮以喻輪回。賢他日見渠，作某拜意，問渠：『今世既做了中書舍人，後世更要做宰相？』輪回之説，佛家之愛，便宜也。」未幾，吕再書至，云：「既無輪回，人何苦爲善而不爲惡？」先生笑曰：「只這裏便是私心。《經》曰：『天地之性人爲貴。』人生天地中，其本甚善，幾曾教你爲惡、作賤他來？得之太虛，還之太虛，我在何處？」

先生有書答吕文問胡《春秋》與他祖父所問不同。辭云：「某再拜。屢承下問，所以未能一一拜答者，以居仁聰明，加之力學，何待老拙？豈非欲發其狂言乎？見詢《春秋》改用夏時，未嘗有此説。以傳爲案，經爲斷，尤背於理。往年侍坐，有一説諸經是律，《春秋》是斷，未嘗以傳爲案也。昔夏君廷列見訪，某嘗書數字與之，曰：『若不得某心，只是記他意。』此先生語，若非居仁疑，何以知其錯誤？甚幸！甚幸！遇荒歉，則憂死亡；遇患難，則生恐怖：此乃士大夫之常情，愚切以爲不然。此蓋見之未明，養之未熟，臨事乃爾。敢以愚見布左右，或以爲然，毋惜見教。某再拜。」

先生作書後，謂時敏曰：「前輩皆以《左傳》是按，《春秋》是斷。如此，則是孔子因《傳》而爲《經》矣。孔子却與左丘明一般，先生那有此説？」

時敏欲請伊川成編之語，先生曰：「某無之。今日所與賢説底話，皆平日先生所以教某者，公但記取。若要看《雜説》，不如看《易傳》。《易傳》，先生之成書。《雜説》，他人之所記。」❶因出一紙云：「某登先生之門後五年，見劉唐詢出示朱公掞所編文字《雜説》，欣然受之，以呈先生，曰：『此書可觀否？』先生留半月。他日復請，曰：『所留《雜説》如何？』先生曰：『某在，何必看此書？若不得某心，只是記得他意，豈不有差？』某後更不敢復請。兵火之餘，偶至蜀中，見人人成編。蓋所見有淺深，故所記有工拙。細觀之，則失其意者，不暇一二言也。❷某侍坐，先生誨之曰：『夫子没而微言絶，七十子死而大義乖。』信然！今日道學絶講，親炙者無幾，則迷妄失真固亦多矣，可不哀哉！如世傳《史評》之類，皆非先生所著。寓九江，夏君廷列惠然見過，語及此道，輒書以諗之。紹興七年四月二十八日，門人河南尹焞書。十二年五月五日，重書以遺王時敏秀才。」其本今留汪尚書家。

吕紫微書問先生：「某祖父侍講，嘗説伊川矣：『諸儒解經不合全解。』謂：『聖人語言，自有人不到去

❶「他」，南圖本作「也」。

❷「暇」，南圖本作「假」。

處。更經秦火，言義豈無所續？某於《易傳》，或有所見，則隨記之。』今《易傳》乃成全書，與祖父所聞不同，何也？」先生曰：「某在先生席下數年，後方學《易》。序有七十二家《易傳》，先生初教某，或只得看一象、一爻，須説盡諸儒解。有未盡處，然後始於巾箱中出他所説。臨啓手足，連封以付張思叔。思叔，能文者也，庶有所潤色。明年，思叔死，其子以歸四明高抑崇。今慈谿本是矣，今見在。據當時所見考校，全書與不全書，亦未可知。」

時敏問：「伊川何不解《繫辭》？」先生曰：「洛人亦問及此，伊川曰：『《繫辭》所以明《易》，古謂之《大傳》。若又解之，是屋下架屋。❶某今但於《易傳》中一引證，庶亦盡一隅之舉。』」

吕紫微書問：「伊川退朝，納其告勑曰：『臣本布衣，誤蒙聖聽，置之講列，無補於世。今既歸田里，亦願只乞布衣爲榮。』今先生亦合乞布衣而歸，受四品服致仕，與伊川異，何也？」先生謂時敏曰：「居仁責我則是。但某荷聖恩，四章不允，復賜象簡、筆、墨、茶各一百，端硯、金絲匣、金鼎、硯滴各一，令講《孟子》以進，書成日，賜四品之服，當隨此上納。」

會稽有學者，欲將伊川語編成門類，請先生訂正。先生曰：「某學術淺陋，豈能訂正先生之言？兼是他人所記，某若説是，人便信之，豈不相誤？不如只據見定，識者自知其非。兼分成門類，却是舉業。」

時敏欲學讀《詩》，先生甚喜，曰：「孔子教其子，必先以此。」因舉横渠詩云：「置心平易始通《詩》。」又

❶「下」，南圖本作「上」。

曰：「今人躐等，纔相見，便問《易》，問《春秋》。不知孔子讀《易》，韋編三絶；仲尼修經，游、夏一辭不措。二經豈易言也？若舉業，某又不曾理會多時。賢要看《詩》，甚善！」

先生爲時敏説《詩序》畢，因曰：「六經遭秦後，可惜燒了多少好文字！且如《詩序》與《易・繫辭》，皆須聖人作，非後儒可及。故讀《詩》不先之《大序》，猶入室不由户也。讀《易》不終之《繫辭》，猶飲食不知其味也。」時敏問：「《大序》孔子作，《小序》則誰爲之？」先生曰：「伊川云：『國史爲之。』既採此詩，必知其人，必知其所以刺美之義也，今首句是矣。下則解師所增，如：『蕩言天下，蕩蕩賚言。予酌言酌，先祖之道。』與首句全不干事，與《詩》亦不倫，故知解師所增無疑。」

先生曰：「伊川作《詩序》二篇，外人傳之不真。某一月請問：『曾作否？』伊川曰：『有之，但不欲示人。』再三請，乃曰：『爲子出此二篇。』今傳之者是也。」

時敏問先生：「伊川五經皆有解乎？」先生曰：「只有《易傳》，他經則分與門人理會。俟他時，却欲會作一處看，不期謫涪。啓手足時，却有《中庸解》，取出燒了。曰：『《易傳》足矣，何以多爲？』」先生又曰：「得他留此書在也好，燒了可惜。《春秋》聞分與劉質夫，《詩》、《書》不知分與誰。《詩序》二篇，則先生自爲之，不可不知。」

先生曰：「某向在伊川席下，有學者云：『關中諸公欲節《禮記》出看。』伊川曰：『聖人語言，與漢儒甚不同。更幾時，某當爲之。』惜乎！伊川不及如言而死矣。」

先生到國門，有詩二首。一云：首句闕。「爲儒也道得成名。可憐白髮乖前志，懶着青衫逐後生。」一云：「少蒙師教指迷津，❶老讀羲經味入神。無限青山隨意好，强來騎馬踏紅塵。」

沈元用欲將《易傳》逐爻取諸子、史，一話一言，或其人所行有合於此者，類而證之。先生曰：「如此，則三百八十四爻，三百八十四件事爾。」沈默然而笑。

先生經筵講《尚書》有二典見行，至説「道」，則曰：「道一也，豈可分而爲二？孔安國有大道、常道之分，則非矣。」張子韶敬服之，曰：「師門有人矣。」

先生曰：「孟子説『三樂』處極好玩味，一歸之天，二得之己，三施之人。王天下則果在外也。」

先生嘗與時敏言：「賢欲學文，須熟看韓文公《六月念六日白李生足下》一書。」檢之，乃《答李翊中》，云：「無望其速成，無誘於勢利。養其根而俟其實，加其膏而希其光。」先生之意在此。

先生曰：「《詩》稱『上天之載，無聲無臭』，則曰『儀刑文王，萬邦作孚』。《中庸》之書稱之，則曰『至矣』。賢知其意乎？」時敏曰：「不知。」先生曰：「道有甚窮盡？《詩》爲文王作，故終之以文王。《中庸》爲萬世作，故終之以『至矣』。不成上天之載，只文王儀刑便了？」

先生曰：「《鄉黨》一篇，門人弟子寫出一箇聖人之德容，學者當潛心焉。」因曰：「《中庸》自『仲尼祖述』而下，至『無聲無臭至矣』，言孔子之大。《鄉黨》一篇自始至終，言孔子之小。子思曰：『天地之大也，人猶有所憾。故君子語大，天下莫能載焉。語小，天下莫能破焉。』《詩》曰：『鳶飛戾天，魚躍于淵。』言其上下

❶ 「教」，南圖本作「友」。

察也。」

時敏問：「『寢不尸』，江山徐先生欲作『坐如尸』之『尸』解，如何？曰：『既有寢衣長一身有半，則不寢，無舒尸之時矣。』」先生曰：「不必如此説，只是必有寢衣。伊川疑上文當連齋而言，故曰『必有』。」

先生讀《論語》，到「柴也愚、參也魯」，叉手而起曰：「某平生亦得一箇魯力。」

時敏問：「『善人爲邦百年，亦可以勝殘去殺。』此必先民之言，夫子引之，故曰『誠哉，是言也』。」先生曰：「然。亦如南人有言，夫子引之，則曰『善夫』。」

先生引東坡云：「孔子未嘗輕以仁與人，亦未嘗輕以仁絶人。未嘗輕以仁與人，故『克伐怨欲不行，可以爲難』而已。未嘗輕以仁絶人，故『剛毅木訥近仁』。如此立作，却也好做文字。」

時敏問：「向來鮑商霖問伊川云：『今之成人者何必然一段，是孔子説耶？』伊川須要作孔子説，若作子路説亦自好。」先生曰：「賢疑一箇『曰』字，意記語者既説兼此四人之長，可以成人矣，又不當以『曰』字起，故疑爲子路説耶？」時敏曰：「非也。以文義考之，意子路起説。蓋子路爲人，『見利則思義，見危則致命，久要則不忘平生之言』。以爲集四子之長，則成人大矣。故曰『今之成人者何必然』，此子路自道也。夫子不答，蓋有深意。」先生曰：「不然，四子之長，出於德性。三者之事，在於致思。德性則自然，致思則勉强。故曰『亦可以爲成人矣』。若『曰』字，則門人記其發語之辭，亦如『在齊聞韶，曰：不啚爲樂至於斯也』。不成『曰』字也是别人説？」

先生曰：「某向在虎丘，一日閑行，思量孔子曰『其言之不怍，則爲之也難』兩句，大有所得。」時敏問：

「何所得？」曰：「言之易，行之難。今人要做聖賢，遮莫説不得。臨行一寸也進不成步，皆是不怍。」

先生曰：「『不逆詐，不億不信。』須是先覺者。惟賢若不能自明，則爲人詐而欺矣。故《大學》曰：『克明德』，『皆自明也』。」

時敏請益，先生曰：「須是問學。問學所以明理，理明則物莫能蔽。故孔子語仲由以『六言』、『六蔽』，皆在於好學。」

先生曰：「孔子稱：『無爲而治者，其舜也歟？恭己正南面而已。』却是楊子説得好：『襲堯之爵，行堯之道，法度彰，禮樂著，垂拱視天民之阜，無爲也。』」

和靖尹先生文集卷之八

師說　下

先生曰：「某舊在涪陵千佛寺居，扁坐處曰『三畏齋』。至此，復取舊額扁坐榻之前，聊以自警。後因看人編伊川《師說》，說『三畏』處曰：『畏天命，不負所畀付。畏大人，亦以自畏。畏聖人之言，以自進德也。』某不覺愧于中者累日。蓋平日以是名齋，自謂有深得，且如『畏聖人之言』，只是謂道之所在而已，又何嘗推得到此。乃知伊川凡語言必推用於己。自此亦當少戒輕爲人解釋聖言也。」又曰：「畏大人時，且如端莊而坐，亦所以自畏也。」

時敏問：「《語》曰：『是知津矣。』先儒以謂長沮譏孔子而言。時敏意謂二人耦而耕，曰：『是知津也。』作指桀溺而說，如何？」先生曰：「不須如此說。大抵學問不在新奇，全在涵養，以養其氣質而已。」

時敏問：「《論語》自第十八篇，皆門人追記孔子之論辨門人之優劣。十九篇，皆門人自述某所記聞，故無孔子之辭。至二十篇，則孔子平日所論二帝三王之道，孔子没，門人并記之。是否？」先生曰：「候更思之。」竟不得再請。

先生曰：「某昔在伊川席下，有學者來問六十四卦：『以某觀之，皆不須得，只《乾》、《坤》足矣。』伊川曰：『要去誰分上使？』其人曰：『聖人分上使。』伊川曰：『聖人分上，一字也不須得。』」

先生曰：「《文中子》亦好看，如薛收問《易》，子游孔子之廟，子讚《易》至《序卦》曰：『大哉！時之相生也，達者可與幾矣。』至《雜卦》曰：『旁行而不流，守者可與存義矣。』又曰：『名實相生，利用相成，是非相明，去就相安。』某皆帖之壁，非後人所及也。」

先生曰：「文中子儘勝荀子。荀子性尚不識，如曰『養心莫善於誠』，不知誠是何物。孟子『寡欲』之言，盡之矣。宜乎退之言『軻死，不得其傳』，蓋有所據云。」

先生愛潔浄，地有污穢，必去之。嘗說：「某只有這些克不去。」時敏問：「孔子告顏子『克己復禮』，若非禮之視、聽、言、動，亦須如此克耶？」先生曰：「是也。」因言：「伊川亦如此，一領黄衲道服，至破亦潔浄。嘗曰：『衣不欲異，欲其潔。食不欲異，欲其精。』」

先生曰：「學者須是勇，勇則必有所爲。孔子曰：『德之不修，學之不講，聞義不能徙，不善不能改，是吾憂也。』憂之如何？爲無勇也。《易》之《象》曰：『雷在天上，大壯，君子以非禮勿履。』非禮勿履，不是大壯之人，其果能哉？」

先生曰：「讀聖人之書，須是有所自得。且如《論》、《孟》，從小知是孔子、孟子之書，不敢説爾非真知也。要如不知有孔、孟，而知爲孔、孟之説，乃所謂真知耳。」

先生嘗書數句説《易》，曰：「《易》之道如日星，但患於理未精。失於機會，則暗於理者也。聖人復生，恐不易吾之言。」祁寬問之，先生曰：「吾看《易》，運數也，故有是説。正在未到《泰》之上六，便要知《泰》之將極；未到《否》之上九，便要知《否》之欲傾也。」

時敏問：「《伊川語録》載：人問『鳶飛戾天，魚躍于淵』。答曰：『會得時，活潑潑地。會不得時，只是弄精魂。』不知當時曾有此語否？」先生曰：「便是學者不善紀録。伊川教人，其不甚曉者，多以常言俗語引之，人便記了此兩句。某嘗問：『莫只是順理？』伊川曰：『到此吾人只得點頭。』今不成書『先生教我點頭』？」因曰：「在蜀中，有《師説》出，某嘗作一小序云：焞年二十，始登師門，被教誘諄諄，垂二十年。昔得朱公掞所編《雜説》，呈先生：『此書可觀否？』先生留半月。一日請曰：『前所留《雜説》如何？』先生曰：『某在，何必觀此。若不得某心，只是記得他意，豈不有差？』❶避寇來蜀，得數本，切觀之，其間或詳或畧，因所問而答之。蓋學者所見有淺深，故所記有工拙，未能無失，不敢改易。然雖未盡識其意，❷以所見無疑者，輒成此書，自爲《師説》。覽者各自得焉，不能詳告也。紹興六年四月一日，門人尹焞記。」

時敏問曰：「君子不施其親？」先生曰：「親者無失其爲親，故不待乎施也。」

先生曰：「乾坤成列，而《易》位乎其中矣。❸聖人便是《易》。」

時敏看《易》至《井卦》，先生曰：「吾人今日當且做第四爻工夫，曰『脩井』也。」

❶「豈不有差」，原脱，據《四庫全書》本補。
❷「然」，南圖本作「焞」。
❸「位」，南圖本作「立」。

時敏問：「印行有《四先生〈中庸〉》，《明道集》載先生不曾講經，此《中庸》誰解之也？」先生曰：「乃呂與叔經筵所解，後來删修不用者，人取以爲明道，甚可怪也。」

先生曰：「伊川説《中庸》曰：『致中和，天地位焉，萬物育焉。』一箇『致』字，非聖人，誰能道？」

先生曰：「《考槃》，横渠以爲小人之詩，則非。伊川與某人説得最好，蓋賢者自嘆之辭，曰：『永逝矣，弗得過君之朝矣。』」先生曰：「十畝之間，伊川亦不要如此説。先儒謂國削小，民無所居。國雖削小，民何至無所居耶？此蓋魏人見鄰國十畝之桑者，閑閑然因相約而去，曰：『行與子還兮，行與子逝兮。』故下篇又有『適彼樂國』、『樂郊』之語。」

時敏侍先生閑坐，聞寺中木魚聲，顧時敏曰：「寺中打木魚何意？」時敏對曰：「嘗有小説，石滕和尚言：『物死目皆瞑，惟魚死不瞑，以言定也。』」先生笑曰：「雖小道，亦有可觀。」又曰：「古人以魚喻民，今品數到者必佩之，蓋不忘卹民之意耳。」

邢叔端一日歸，謂先生曰：「府中諸公謂先生官已四品，雖小衫自當用紅鞓帶。」先生笑曰：「某已致仕，自是無官，何用此爲？皂帶不足，又要紅鞓。紅鞓不足，又要兼金。孟子曰：『人少，則慕父母。知好色，則慕少艾。有妻子，則慕妻子。仕，則慕君。不得於君，則熱中。』心一而已，移來移去至於熱中，則無不爲矣。」

先生病革，見時敏，問曰：「近看甚書？」答：「以先生病，每日只與德元同候安否，亦無暇看書。」先生曰：「不可。有疑便問，病亦不妨，疑處更與德元商量。德元相隨亦久，想不至錯。」又曰：「人心須常有所事，孟子曰『必有事焉』，是矣。孔子曰『七十而從心』，便繼以『所欲不踰矩』。無下一句，❶不幾於放心歟？」

呂德元請先生遺表，先生曰：「某一部《孟子》便是遺表。」德元請先生《孟子》，先生曰：「《孟子》也未成全書，尚有第三篇及第十四篇某章未備，公等將去修之。」時敏與德元皆泣，德元曰：「稽中等愚陋，豈敢修先生書？朝廷幸來取，當以藁進耳。」先生首肯之。

先生未啓手足前一月，高抑崇執弟子禮來見，先生辭以疾。先生無後，時敏與德元定鎮爲後，師魯之後。故抑崇挽詩云：「七日夢楹還有後，三年築室恨無從。」先生死時，時敏與德元疑所服，作書問抑崇：「以孔子死，門人疑所服。子貢曰：『昔夫子之喪顔淵，若喪子而無服。請喪夫子，若喪父而無服。』」又曰：「孔子之喪，二三子皆絰而出。群居則絰，出則否。先儒謂吊服而加麻，去古既遠，所謂吊服，不知何服也？近世士大夫皆以皂衫、單帶、幞頭爲吊服。然羔裘、玄冠，其可吊也耶？若欲無服，則不近人情。若欲加絰，則無古制。今和靖不幸，時敏等不肖，情禮實有未安。吾丈博古，必有所見，願推以教萬一。」高答書，亦不過禮從宜而已。先生没，朝廷賜三百疋兩以葬，時敏等門人列狀回納。紹興十三年正月中旬，門人王時敏編。

師説附録

馮忠恕曰：「先生學聖人之學者也。聖人所言，吾當言也。聖人所爲，吾當爲也。詞章云乎哉？其要

---

❶ 「下」，原作「暇」，據南圖本及上下文義改。

有三：一曰玩味，諷味言辭，研索歸趣，以求聖賢用心之精微。二曰涵養，涵泳自得，藴蓄不撓，存養氣質，成就充實，至於剛大，然後爲得也。三曰踐履，不徒謂其空言，要須見之行事，躬行之實施於日用，形於動静語嘿，開物成務之際，不離此道。所謂修學，如此而已。所謂讀書，如此而已。」《記善録序》。

祁寬問：「如何是『主一』？願先生善諭。」公言：「敬有甚形影？只收斂身心，便是『主一』。且如人到神祠中致敬時，其心收斂，更不着得毫髮事，非『主一』而何？」

明道嘗曰：「天下事，只是感與應耳。」公初聞之，以問伊川，伊川曰：「此事甚大，當自識之。」公曰：「『綏之斯來，動之斯和。』是亦感與應乎？」曰：「然。」

嘗請益於伊川曰：「某謂動静一理。」伊川曰：「試喻之。」適聞鍾聲，某曰：「譬如鍾未撞時，聲固在也。」伊川喜曰：「且更涵養。」

温州鮑若雨與鄉人十輩久從伊川，伊川遣之見和靖。次日，伊川曰：「諸人謂子靳學，不以教渠，果否？」公曰：「某以諸公來伊川先生之門受學，某豈敢輒爲他説？萬一有差，便不誤他一生？」伊川頷之。

公與張繹同時師事伊川，張繹以高識，公以篤行，俱爲所稱。

伊川問公：「與繹，尋常見處有同否？有差否？自覺如何？爲我言之。」公曰：「某不逮思叔。如凡請問，未達，三四請益，尚有未得處，久之乃得。如思叔，則先生纔説，便點頭會意，往往造妙。某雖愚鈍，自保守得。若思叔，則某未敢保他。」伊川笑曰：「也是，也是。」自是每同請益，退，伊川必謂諸郎曰：「張秀才如此，不待尹秀才肯得。」祁寬所《語録》。

公言：「某與思叔既相友善，伊川歸自涪，思叔始見穎悟疏通，伊川亦便喜之，自此同遊處。伊川以族女妻之，甚相敬待。和靖嘗因侍坐，禀伊川曰：『張某每聞先生語，言下解悟。某聞先生語，須再三尋思。或更請問，然後解悟。然他日持守，思叔恐不及某。』先生以爲然。思叔長於爲文，又善辨事。先生没未幾，思叔亦没。和靖被召，嘗曰：『思叔若在，到今自當召用，必能有爲於世。』伊川嘗言：『晚得二士。』」《記善録》。

先生嘗言：「學者，所以學爲人也。」徐名度，字惇立，尹門人。問曰：「某有意於學，而未知所以爲問？」先生曰：「此語自好。若果有此意，歸而求之有餘師。」又語人曰：「放教虚閑，自然見道。」

先生在從班時，朝士迎天竺觀音於郊外，先生與往。有問：「何以迎觀音也？」先生曰：「衆人皆迎，某安敢違衆？」又問曰：「然則拜乎？」曰：「固將拜也。」問者曰：「不得已而拜之與，抑誠拜也？」曰：「彼亦賢者也，見賢，斯誠敬而拜之矣。」

徐度語及蘇氏「使民戰栗」義，問曰：「如何？」先生艴然曰：「訓經而欲新奇，無所不至矣。」

先生日看《光明經》一部，有問之，曰：「母命不敢違。」朱子云：「如此便是平日闕却諭父母於道一節，便致得如此。」

和靖言：「經雖以誦説而傳，亦以講解而陋。」此言深有味也。

和靖尹先生附集卷之九

薦　劄

靖康初諸公薦和靖先生劄子

种師道劄子：臣竊惟陛下臨御以來，德政更新，中外人才凡爲公論所與者，無不收用，况於尚德之選，苟有其人，理不可遺。伏見河南府布衣尹焞，故尹源之孫、尹洙之姪孫，學專師古，行足勵俗，潛心允蹈踰三四十年，西都學者皆稱仰之，未嘗應書，不求仕進，若蒙召致，俾預講説，必有補益。臣非職事，素所深知。冒昧薦聞，不勝惶懼之至。取進止。具位臣种某劄子。

户部尚書梅執禮、兵部尚書孫傅、御史中丞吕好問、户部侍郎邵溥、中書舍人胡安國、諫議大夫徐秉哲：❶臣等伏覩河南府布衣尹焞，學窮根本，德備中和，言動惟時，皆可師法，器識宏遠，可以任大，臣等淺

❶ 「哲」下，隆慶本有「奏」字。

陋，不足以盡知，然近來招延之士，無出其右者。昨蒙朝廷特召，河南府敦迫赴闕，伏聞命之「處士」以歸，使焞韜藏國器，不爲時用，未副朝廷仄席求賢之意。伏望聖慈，特加職擢，❶以慰士大夫之望。謹録奏聞，伏候勑旨。

紹興五年范待制薦和靖先生劄子

左朝奉大夫、充徽猷閣待制、提舉建隆觀兼史館修撰、兼侍講、資善堂翊善臣范冲奏：准令節文諸侍從官授訖，三日内舉官一員自代者。臣伏覩和靖處士尹焞，誠明之學，實有淵源，直方之行，動應規矩。靖康中，朝廷以布衣特起，累加敦遣，既至京師，懇辭還山，賜「處士」號。建炎間，逃竄山谷。翟興爲河南鎮撫使，聞其名，遣使迎聘，亦不就。今流落在蜀。臣與之遊處三十餘年，得其内外淳備，毫髮無玷，實爲鄉閭之所尊禮，士大夫之所矜式。陛下搜揚微陋，求賢如不及，有如焞者，可使遺逸？迹其自得於己，表見於外，❷臣無能髣髴，舉以自代，允愜公議。伏候勑旨。六月十五日，三省同奉聖旨：「尹焞召赴行在，仍令川陝宣撫司以禮津遣前來。」

左朝奉大夫、充徽猷閣待制、提舉建隆觀兼史館脩撰、兼侍講、資善堂翊善臣范冲劄子奏：臣近准令舉

❶「職」，南圖本作「識」。
❷「外」，隆慶本作「己」。

自代，輒以和靖處士尹焞上達天聽。伏蒙聖慈即降指揮，召令赴行在。仰見陛下收録群才，不以人廢言。臣竊聞蜀道雖通，然行旅艱難，自非州郡委曲津遣，無緣起發。焞行義純固，始終如一，惜其年老，未蒙職擢，❶欲望朝廷委所在州郡，備禮敦遣及沿路津送，令疾速前來，庶幾仰稱陛下急親賢之意。取進止。九月十一日，❷三省同奉聖旨：「令川陝宣撫司差撥人船，優給路費，以禮敦遣，前來赴行在所。」

張魏公乞促召和靖先生劄子

特進、尚書右僕射、同中書門下平章事兼樞密使、都督諸路軍馬、提舉詳定一司、勅令監修國史臣張浚劄子奏：臣先備員川陝宣撫司置使，❸竊見和靖處士尹焞，緣叛臣劉豫父子迫以僞命，經涉大河，投身山谷，自長安徒步趨蜀，崎嶇千餘里，乞食問路，僅獲生全。臣嘗延至司，與之款接，觀所學所養，誠有大過人者。紹興甲寅春，臣被命還朝，蓋嘗以焞姓名達之天聽。今陛下博采群議，召寘經筵，而辭免新命，未聞就道。伏望聖慈特降睿旨，令江州守臣疾速以禮津遣。伏取進止。五月二十九日，三省同奉聖旨：「依奏。」

❶「職」，隆慶本作「識」。
❷「一」，隆慶本及《年譜》作「二」。
❸「司」，隆慶本作「處」。

告　詞

賜和靖處士告詞

勑西京布衣尹焞：慶曆間有賢臣焉，朕不及見也。每覽國史，高其節概。爾能力學操行，以世其家，甘貧守約，不競榮利，是亦可嘉矣。用錫美名，式勸頹俗，爾其以行義教鄉里，使有矜式焉，則予惟爾嘉可，特授「和靖處士」。靖康元年九月日，中書舍人劉玨行。

除崇政殿説書告詞

勑和靖處士尹焞：先王之道，具存方策，非得深純篤厚之士傳其師學，敷繹於前，則道固隱而不彰矣。朕博求碩儒，發明治要，聞爾安貧樂道，澹然無求，執德不回，久而益固，是用縻以好爵，列之經幃，勉從弓招，副朕虚佇，可特授左宣教郎、充崇政殿説書。紹興五年十一月初八日，中書舍人朱震行。

除祕書省祕書郎告詞

勑左宣教郎、充崇政殿説書尹焞：孔子之道，軻死不傳，學者不求於心，而尊記問之師，去古滋遠，其誰使正之？爾學有師承，本於自得，篤信力行，下不惑於百世，日者安車，何止三反？朕恨見之晚，而高卧益堅，是用促侍金華，仍寘養才之地，非特樂聞朝夕之益，亦使後學知所模範焉。可特授依前官除祕書省祕書郎兼崇政殿説書。紹興七年閏十月八日。

除祕書少監依舊兼崇政殿説書告詞

敕：伊洛之間有君子焉，明千載不傳之學，祛諸儒久弊之惑，孟氏以來一人而已。而爾親從之遊，得其奥旨，修身慎行，垂三十年，浮湛里閭，晚爲朕起，已試之効，綽焉可觀。圖書之府，豪俊所聚，俾爾往爲之長，以稱吾尊德樂道之意。爾其爲吾推明所學，盡見所藴，使後進之士咸有所矜式焉。則朕之得人，亦見不愧於古矣。爾尚勉之！可特授依前官試祕書少監兼崇政殿説書。紹興八年三月三日。

除直徽猷閣主管萬壽觀依舊兼崇政殿説書告詞

敕左宣教郎、試祕書少監兼崇政殿説書、賜緋魚袋尹焞：王人求多聞，莫若古訓。君子懿文德，無如尚賢。朕網羅巖穴之才，位置朝廷之上，學爲王者事，其來久矣。自得師者王，孰敢廢之？爾行中規矩，言爲準的，奮身丘壑，通籍金門。在漢唐時，有樊英、李渤之故事。及祖宗世，有常秩、程頤之遺風。勸講金華，優游册府，爲天下之清選，實儒生之至榮。而乃力抗忱辭，祈歸畎畝，爾之自謀，可謂至矣。朕之進德，當何如哉？就禄真祠，升華延閣，不廢講讀，俾遂燕安。惟寵數之便蕃，使縉紳之矜式，當體至意，無有遐心。可特授依前官直徽猷閣、主管萬壽觀兼崇政殿説書，賜如故。

除太常少卿兼崇政殿説書告詞

勑左宣教郎、直徽猷閣、主管萬壽觀兼崇政殿説書尹焞：朕守至正之論，定中興之業，堅如金石，信如四時。而爾經術行義，入輔台德，凡所稱述，悉由師説，充養之大，本之聖門。奉常禮樂之司，儒者之任，以是命爾爲四方法，使知吾好惡所在，而得有所矜式焉。衆志既定，國勢自安，爾之責也，可不勉哉！可特授依前官試太常少卿兼崇政殿説書，賜如故。

除禮部侍郎兼侍講告詞

勑：得遺賢而萬邦寧，舉逸民而天下服。自季路、原憲於游藝以争先，而蔣翊、薛方亦稱述之未廣。流風既遠，此道寖衰。我得其人，躋諸近列。左宣教郎、試太常少卿兼崇政殿説書、賜緋魚袋尹焞，口誦百氏，腹笥九經，先王遺言，聞諸師訓，君子所養，得自躬行。蓋動静之有常，以進退之可度。申公已老，屢辭加璧之招。裴秀居中，□□追鋒之召。❶奏篇迭上，❷聖道益明。顧我荷橐之班，❸謀我佚賢之地，擢居宗伯，仍

---

❶「□□」，清許涵度校刻《三朝北盟會編》卷一八五引「尹焞除禮部侍郎兼侍講」告詞作「時赴」二字。

❷「迭」，原漫漶不清，據隆慶本補。

❸「我」，隆慶本作「兹」。

侍金華，往其欽哉！ 服我休命。可特授左通直郎、權禮部侍郎兼侍講。

除徽猷閣待制提舉萬壽觀兼侍講告詞

朕詳延天下方聞之士，登用諸朝，蓋將講議洽聞，興禮崇化，風示四方也。左通直郎、權尚書禮部侍郎兼侍講、賜紫金魚袋尹焞，居蹈彝訓，動中繩約，淵源問學，得躬行君子之美，朕用嘉焉，擢貳春官，俾典秩宗之任。而勤勤懇懇，以疾爲言，豈朕委屬本意哉？ 然儀曹有緜蕝之務，祠庭無簿領之繁，是用廷列近班，均逸閒燕，入陪經幄，密奉疇咨，庶幾朕得優禮之宜，而卿遂委蛇之適。其體眷意，益懋欽承。可特授依前左通直郎、充徽猷閣待制、提舉萬壽觀兼侍講，賜如故。

除徽猷閣待制提舉江州太平觀告詞闕❶

轉一官致仕告詞

昔孔戣告老，韓愈上疏請留，言：「貪賢之美，疏廣乞骸道路，觀者有賢哉之嘆。」夫貪賢而惜其去，固朝廷之事，而據經引年，以全進退之節者，亦士君子之素風也。我有耆德之臣，慈上乞身之請，宜頒涣渥，以示

❶ 「除」，原脱，據目録補。

至懷。左通直郎、充徽猷閣待制、提舉江州太平觀、賜紫金魚袋尹焞，行配古人，名垂當世，蚤受大儒之道，獨傳聖學之歸，頃以特招，來儀邇列，露門勸講，顧未厭於詳延真館奉祠，遽願即於閒燕閱時，甫邇抗章復來，乃備瀝於懇誠，祈悉還於官政。雖嘉爾志，良咈予衷。其仍次對之班，往遂丘園之樂，勉親藥石，益介壽祺。可特授左奉議郎，依前充徽猷閣待制致仕，賜如故。

特贈四官賜銀絹三百疋兩給葬告詞

勑：歸而掛衣冠，方遂辭榮之樂。殁而啓手足，遽興殄瘁之悲。憫兹荷橐之良，可後密章之渥。故左奉議郎、充徽猷閣待制、賜紫金魚袋致仕尹焞，清名足以激頹俗，奥學足以發微言，晚被旌弓之招，未忘畎畝之志。顔駟已老，猶倚典刑之存；魏徵云亡，誰爲得失之鑑！肆陞崇秩，并録後人，用示湛恩，追賁幽壤。可贈左朝請郎，餘如故。

謚肅公告詞

勑中書門下省、尚書省送吏部狀：准禮部送承送浙西提舉司、和靖書院山長劉承等《申侍郎和靖先生尹公謚》，復送考功覆謚到，實係侍講、待制、侍郎尹先生生前讀書之地，端平年間提舉曹祕丞建堂養士。先生少遊程門，能受師説，晚侍經筵，啓沃良多。已蒙朝廷下之太常，譔定謚議，以其主敬，謚之曰「肅」。近蒙禮部吴侍郎檢索初謚一宗，連送吏部考功，契勘復謚，仰見崇重先儒，主盟道學之盛心。先生，則孔門之曾子也。公初見程子，令看「敬」字。請益，曰：「主一則是敬。」公即心領神會。因讀《易》，至「敬以直内」，問程子曰：「不習無不利，時則更無睹，當更無計較。」程子曰：「然且謂不易見得如此，自是涵養極精熟。」其後答或人之問曰：「收斂身心，便是主一。」試進士，策問《議誅元祐黨人》，不復就舉。抗疏排和議，而不顧當路之權臣。公淳茂之質，篤實之行，常以保守自許。程子亦獨以「不失其正」許之。要其所終，真知力行，一無愧怍，河南之門有光焉。稱公者种師道則曰：「學務師古，行足勵俗。」胡安國則曰：「學窮根本，德備中和。」范冲則曰：「誠明之學，實有淵源。直方之行，動合規矩。」而文公朱子推奬尤的，曰：「尹和靖在程門只就一『敬』字上做工夫，終做得成。」謹按謚法：「因嚴教敬曰肅。」肅，敬也。涵養之到，操存之熟，自謂心廣體胖，只有自樂。則公之所謂敬，始於主一，而終於純一；始於持之固，而終於居之安。非躬履而身踐之，難以口耳形容也。凡其一動静語嘿，一出處進退，一背向趨舍，莫非從「敬」中來。善乎！黄公榦記公之祠有曰：「歷險難之極而不變，處貴顯之驟而不動。抱仁履義，終其身而不悔。非盛德，能若是乎？」又曰：「理義克於中，則禍福成敗，榮辱得喪，膠轕萬變，忽陳乎前而此心自若。」至以程門顔氏目之。進侍講，則前期齋沐，其敬發於事君之際。高宗謂尹焞「學問足爲後進矜式，班列得老成領袖，足以見朝廷氣象」。伊洛之一脉，幾絶復續。奉常議以「肅」易名，用合謚法，因嚴教敬之義，仍牒本家照會。景定元年三月三十日。

和靖尹先生附集卷之十

銘　記

吕德元撰墓誌銘

紹興十二年十一月丁酉，和靖先生殁于紹興，以其族孫鎮爲孫，奉先生後。丙午，葬先生于會稽縣五雲鄉石帆里。其子婿邢純謂門人吕稽中曰：「惟是喪葬嗣裔之事屬之我，文書論説傳于後世屬之子，尚行先生之志乎？」稽中曰：「然。」吾方銘先生墓，吾聞之先生矣：「昔者周公殁，聖人之道不行。孟軻殁，聖人之道不傳。從千餘載之後，得不傳之學者，伊川程夫子也。」先生曰：「吾晚得伊川之道。」四方師事之如伊川。而稽中也，亦事先生二十年矣。嗟乎！孟軻氏殁，而道不傳，豈無傳之者哉？傳而差也！差則不勝其弊，雖有豪傑之士，擇焉而不精，小醇而大疵，謂之不傳可矣，而程夫子得之。程夫子之語門人，每恨其差也，曰：「差之毫釐，繆以千里。」程夫子之殁久，門人高第日微，而説又差。先生自洛入秦，自秦入蜀，自蜀入吴、楚，朝行在所，退老于越，而後學者復聞其正，而知其差，而孔、孟、程氏之學復明。今先生殁矣，學者其謹傳之哉！昔者荀卿事子弓，而其傳至于韓非、李斯大壞。先王之道，考之於書，蓋自荀卿而差也，而況其下者哉！先生洛人也，姓尹氏，五世而上居太原，徙于汝，自汝徙居于洛，卒葬壽安之任范里。至先生之曾祖仲宣，娶張氏，生七子而二子有大名。長子諱源，字子漸，是謂河内先生。次子諱洙，字師魯，是謂河南先生。河内娶何氏，生四子。其長子諱林，官至虞部員外郎，娶劉氏萬年縣君。劉氏卒，娶陳氏福昌縣君，是生先生。以先生貴，贈虞部爲朝散大夫，母皆贈令人。❶先生諱焞，字彦明，少孤，奉母陳氏以居，爲進士業。年二十，師事伊川程夫子。先生應進士舉，答策問《議誅元祐黨人》。先生曰："噫！尚可以干禄乎哉！"不對而出，告于程夫子曰："吾不復應進士舉矣。"夫子曰："子有母在。"先生歸，以告其母。母曰："吾知汝以爲善養，不以禄養。"於是先生退，不復就舉。程夫子聞之曰："賢哉母也！"大觀中，新學日興，有言者曰："程頤倡爲異端，尹焞、張繹爲左右。"先生遂不欲仕，❷而聲聞益盛，❸同門之士皆尊畏之。程夫子曰："我死而不失其正者，尹氏子也。"靖康元年，朝廷初辨忠邪，召用四方才德之士，懼先生不至，則以布衣召先生。先生謝不才。既往，又謝，不欲朝。❹大臣知不能留也，授以"和靖處士"而歸。明年，金人陷洛陽，先生之家死于賊。先生既死而復甦，竄于長安山中，轉徙四五年。而長安陷，劉豫僭位于京師，思以繫

❶ "令"上，隆慶本有"太"字。
❷ "欲"，隆慶本、南圖本作"敢"。
❸ "盛"，隆慶本、南圖本作"成"。
❹ "欲"，南圖本作"敢"。

天下之望，則使其僞帥趙彬卑詞厚禮來招先生，具供帳衛，從于山中甚盛。先生逃去，夜徒步渡渭，匿覇水谷中。當是時，上遣大臣宣撫處置川陜在閬中，而稽中爲官屬在行。先生崎嶇走山間，遂至閬中，舘于子弟之舍。久之，先生往來巴中，止于涪。紹興五年，上召先生于涪，曰：「昔者之召程頤，蓋自布衣除崇政殿説書。」遂以左宣教郎、崇政殿説書召。先生力辭，章十數上。勑有司加禮敦遣不已。六年，先生辭官而赴召，蜀之學者爲先生立祠于涪。七年，至九江，有言者攻毁程氏。先生復辭曰：「學程氏者，焞也，生事之二十年，今又三十年矣，請就斥。」朝廷耻之。於是大臣顯言先生拒劉豫之節，學問之正。上又思見先生，召之愈急，禮益至。先生辭避已數十，迫上命，布衣至行在所而病。上賜之金帛，使大臣存問慰勞，須病愈，必受命而後朝。病愈，先生朝，又辭於上前。上曰：「卿尚可辭邪？朕渴卿久矣。知卿之從伊川也，俟卿以講學，不敢以有他。」先生退，曰：「聖君也。」遂就職。又除祕書郎，先生年六十七矣。八年二月，除祕書少監。月餘，以病求去，不許。四月，賜緋衣、銀魚袋、象笏，與御前珍玩之物。❶先生益衰且病，益求去，改除直徽猷閣，主管萬壽觀兼崇政殿説書。九月，除太常少卿。十一月，除禮部侍郎兼侍講，進官左通直郎，❷而先生病日作，不能朝，告病甚於朝廷。十二月，除徽猷閣待制、提舉萬壽觀兼侍講。先生曰：「病不能朝矣，而寵

❶「前」，南圖本作「府」。
❷「官」，隆慶本無此字。

禄日至，雖主上賢我，大臣安我，吾何功德以當之？」上章十餘不能已。朝廷哀其病且老，九年二月，❶使以待制提舉江州太平觀而去。先生去之平江虎丘，見門弟子曰：「噫！吾老矣！再應聘而得君，舉朝之士皆我與，謂可以有爲矣。而吾衰病也，不可以筋力朝。傷哉！事君之晚。」十年正月，先生年七十，曰：「吾無功而爲從臣，吾去而不能復辭，以期月而老矣，七十而老尚矣。」遂致仕，進官左奉議郎而從其請。十二月，先生如紹興，其子婿邢純爲浙東安撫司准備差遣，侍先生以居。蓋居紹興二年而殁，年七十有二矣。上命越制以賻之，贈官四等。先生娶張氏，追封令人，生五男三女。坤、城、堪、增皆早喪，均仕爲將仕郎，娶趙氏，洛陽之陷，與張令人皆死。長女適進士伊川程暐，次適進士新安羅授，次適邢純者也。初，先生老無子，其弟燭死於武功，有孤曰壎，及長，先生以郊恩仕之矣。❷其從弟烈，在長水山中，生子曰繼奇，今九年而長水陷，不能以來，故立孫鎮爲均子，服三年之喪。稽中聞之，先生之學，學聖人者也，曰：「聖人必可以學而至也，而不可以爲也。翫味以索之，踐履以身之，涵養以成之，有叙於是乎！下學上達，窮理盡性而無贅無外者，學之正也。」故先生莊正仁實，不過於心，不欺闇室。自誠而明，以之開物成務，推而放諸四海而準。孟氏以後，莫如此學者矣。故先生於聖人六經之言，耳順心得，如出諸己，見于容貌聲音之間，望之儼如也，即之則温，言則厲。天下知道者，必宗之；不知者，慕之。小人見之，必革面。後有聖人，不易先生之道矣。

---

❶「二」，隆慶本、南圖本作「八」。

❷「仕」，隆慶本、南圖本作「任」。

然而先生進不得施之天下，退未嘗筆之於書，與群弟子言據六經，發明問答，不爲講解文字，弟子各記所聞見云。獨嘗奉詔撰《論語解》，今行於世。先生每病同門之士，昔者記伊川之言出他意，謬誤失本指，今傳于世者益多謬。在蜀中時，取諸家所記，考證去取，爲《師説》一編矣，復不傳諸外。曰：「伊川之成書，《易傳》而已矣。讀《易傳》足以知伊川之學。」故無書。今弟子記先生之言，亦各因其所得所知，必稽中與二三子參撰，整而行之，以見先生之學于後世。其銘曰：道之不明，學失其傳。或得其一，莫見其全。駭外恨遺，躐高滯卑。莫身其本，莫質其疑。流爲怪誕，變爲異端。滑稽支離，莫即其安。惟吾先生，得傳之正。既誠而明，窮理至命。上達無餘，下有根本。貫之則一，推之則準。惟性之復，畢顯于善。粹然其和，亦見於面。丕哉聖謨，六經之編。❶耳順心得，如誦己言。窮觀其韞，達俟其施。如何昊天，不相于時？疇昔方彊，如彼否窮？老而遇主，乃病乃終。不僭不忒，則畀後覺。我二三子，敢墜所學？學之不墜，惟不僭忒。百世之紹，萬世之則。惟億萬世，道不有定。我作銘詩，以俟後聖。

和靖處士雒陽尹公生祠記在涪州❷

古者，名公卿賢士大夫往往所在立像置祠，或以德，或以功，或當時蒙澤，或後世聞風，皆所以紀盛德之

---

❶「編」，隆慶本作「篇」。

❷「涪」，原作「沿」，據隆慶本、南圖本改。

容，使人瞻其儀範，知所畏仰。覽其清風餘韻，足以鼓動人心，使知矜式垂教之意，蓋無窮已。《詩》云：「有匪君子，終不可諼兮。」道盛德至善，民之不能忘也。紹聖中，伊川先生謫居於涪，涪之學者咸尊仰之。紹興五年十月，郡太守李瞻，❶始以郡人之意立祠於北巖鈎深堂。是時，伊川先生門人和靖處士尹公，自雒陽遇狄人之難，適居於涪。粤明年，被召入侍講筵。九月，將行，郡太守程敦信、通守賈公傑，議繪和靖先生之像於伊川先生祠宇。和靖先生聞之，辭曰：「伊川先生令德重望，宜爲人瞻仰。如不肖，距先生何啻萬里，豈應僭越？謹不敢當。」郡侯以此爲邦人之意，敢固以請。和靖又辭，曰：「先生昔居於此，日與學者倡道，亦嘗著書，固應如此。焞逃難而來，杜門養疾，罕與賓客交，何德於邦人而及於是？」門下士請曰：「昔伊川先生以道德侍經筵，今先生膺召節，實嗣講事，前後相望，並應旁求，繼踵特起，吾道之光，師門之榮也。今茲設像，侍伊川先生之側，宛如燕居講道時，誾誾侃侃，洙泗之風藹如也。」語未既，而繪事已設矣，乃屬忠恕記其事。忠恕切惟先人與和靖先生同處師門，爲道義之交。忠恕緣契素侍杖屨，獲修子姪之禮。記事之始，不敢以無類爲辭，❷姑序先生辭避郡侯之意，而爲之記，俾後之學者得以覽焉。紹興丙辰九月二十七日，左承議郎、黔州節度判官馮忠恕記。十月一日，右宣教郎、知涪陵縣事西水陳萃立石。

❶「瞻」，原作「贍」，據隆慶本及《年譜》改。

❷「無」，隆慶本作「蕪」。

和靖先生虎丘祠堂記❶

和靖尹先生寓居平江府虎丘西庵，牓曰「三畏齋」，所題《雜録》、《論語解》皆可考，所寓即上方也，去今七十有五年。郡守直祕閣莆陽陳君芾、通守古晉丁君焴、豫章李君太原，始度庵空地爲屋，繪先生像祠焉，尊前賢，厲後學也。榦之同門友黄士毅，因求文以記，不得以淺陋辭。先生諱焞，洛陽人，年二十師伊川程子。舉闈策士《議誅元祐黨》，不答，遂棄舉子業。靖康初，以布衣召，不至，詔褒爲「和靖處士」。洛陽陷，家殲焉。先生死復甦，竄長安山谷中。逆豫以禮聘，溺水逃去，展轉蜀道累年。紹興五年，以崇政殿説書召，凡二十辭。八年冬，始入見，除祕書郎。明年，遷少監、太常少卿、權禮部侍郎。每遷，輒力辭。其冬，除徽猷閣待制，提舉萬壽觀。辭不已，遂奉外祠，即虎丘以居，年已七十矣，貧無以爲歸也。後二年，竟歿於會稽之寓舍。先生所遇於世如此。蓋嘗考先生之所學，篤於踐行，不爲虚語。未嘗求人之知，人亦莫能窺其所蘊也。今其可見者，經帷進講，門人記録耳。惟即其所遇於世者，觀其所處，然後知先生之於道，卓乎不可及矣。利害者，人心之私。理義者，道心之公。公私之間，迭爲勝負。一取一舍，而賢、不肖可知也。至於歷險難之極而不變，處貴顯之驟而不動，抱仁履義終其身而不悔，非盛德能若是乎？理義充於中，則禍福成敗，榮辱得喪，膠轕萬變日陳乎前，而此心自若也。程子之門，從遊之士皆宏博俊偉，極天下之選，而於先

❶「虎丘」，原無，據目録補。

生亟稱之，其察之審矣。顔淵退然如愚而夫子稱之，亦曰：簞瓢陋巷，不改其樂。又曰：庶乎，屢空。然則先生者，程門之顔氏歟？里巷小人，顛冥於利害之塗，不足道。學士大夫，則知理義矣，臨利害未毛髮許，棄其所守者，可歎也。聞先生之風，得無少愧歟？有志於道者，亦可自勉歟？三君爲是祠，有補於名教大矣！故述其躬行之大節，以示學者。庶幾驗之於身，而有得於先生之道云。嘉定七年六月既望，後學黄榦記，葉賀孫書并題額。❶

祭文挽章

折仲古樞密祭和靖先生文

嗚呼！讀儒家書，不爲進取之計。樂聖人之道，能忘飢寒之憂。忠節見乎布衣，姓名達於天下。白玉無瑕，喬松後彫，獨於先生見此盛美。維公晚遇上聖，浸躋顯明。閲日未深，歸卧江海。平生所學，曾未設施。天既難諶，空悲殄瘁。保家之主，亦復無人。福善禍淫，可能無惑？昔在西洛，見公閒居，執經問疑，每懃善誘。顧惟不肖，誰其與之？公語勝流，乃今高士。一經品藻，人或聞風。陵谷變遷，憂患各異。知公在蜀，貧病日滋。嘗告于朝，力莫云挽。罪逐遠州，初聆公來。庶幾異時，獲拜床下。書翰每至，畧無他

❶ 此篇下，隆慶本有《遷和静先生祠堂記》、《和静書院之記》兩文。

辭。冀未死間，得一握手。公今已矣，我復何師？念罪籍之未除，近王畿而不敢。素車白馬，難臨元伯之喪。斗酒隻雞，正遠喬公之墓。疇昔分遇，愧負何言！尚饗！

吕德元祭和靖先生文

嗚呼！伊洛之學，洙泗是傳。孰入其室？先生粹然。惟吾先生，河南之裔。既成于師，亦後其世。先生之道，自誠而明。仰之惟高，吾未階升。既反於身，亦睟於面。復性之初，體易之變。下有根本，上達無餘。發之事業，準于八區。嗚呼後生，孰知此學？先生倡之，孰識孰覺？惟末小子，若弟堅中，今二十年，先生是從。窺其本末，亦履其跡。亦既竭力，莫其所從。凡此登門，四方之賢。惟新惟舊，莫易斯言。念昔閬中，先生顧語曰：「吾老矣！將子是付。」疇昔卧病，謂學者徒曰：「汝問吕，不殊於吾。」先生逝矣，微言斯絶。我二三子，斯中道絶。嗚呼先生！孰窮其初？老而遇主，孰病其軀？事主幾時，法語則富。壽踰七十，亦已有後。生爲先覺，没爲先師。先生何憾，如學者悲。

吕知存祭和靖先生文

嗚呼！公之先世，名聞簪纓。兩河之間，稱「二先生」。公實似之，克振家聲。儒者之盛，實惟兩程。發揚古學，聖道益明。公蚤從之，得於誠明。名利之塗，衆人所争。公獨去之，曾無吝情。惟家法之是守，惟師言之是行。故時雖遇而位未稱，德禄雖厚而家無餘贏。年雖高而異鄉之是寓，德雖厚而繼世之莫承。何天畀之者，固與衆異？而公享之者，迄無一成？蓋所不足者，特當時之阨。而不可掩者，乃後世之名。顧斯理之昭昭，亦何憾乎冥冥？我昔幼年，稔聞德馨。晚歲之幸，公堂屢登。聞其諄誨，如醉而醒。孰謂以病，遂不復興。俯仰今昔，涕泗交横。有肴在列，有酒在觴。公乎不昧，俯鑒微情。尚饗！

吕德元上和靖先生挽章

往在伊川學，他時洙泗傳。從來有高第，未覺喪前賢。繆列三千士，于今二十年。山頹與梁壞，淚盡會稽前。

四海尊師席，斯文特未衰。何其兩楹夢，遽使哲人萎。閬水從容意，稽山疾病時。勤勤付斯道，矢死奉成規。

垂老朝三聘，生平食一簞。絶知斯道在，遺恨得時難。廟謹先師祀，書傳後代看。形容銘墓石，三發喟然嘆。

曾朝請提宫班上和靖先生挽章

凜凜河南已百年，維公高行繼前賢。早施絳帳崇師席，晚入金華侍講筵。斯道未傳今逝矣，彼蒼難問竟茫然。回思昨日論交地，❶不見牙籤列簡編。

道直心無愧，師嚴貌有威。上方虛席待，公忽掛冠歸。王室懷元老，天星掩少微。簪紳竟相吊，奚獨我心悲。

高司業閌上和靖先生挽章

身占河南第一功，力行篤信守家風。淵源謾説斯文喪，深切今知此道東。七日夢楹終有待，三年築室恨無從。嵩伊千古温淳氣，收入稽山鑑影中。

陵陽李道傳謁和靖先生虎丘祠堂詩

涵養當用敬，進學在致知。如車去隻輪，跬步不可之。❷夫子受師説，惟敬實所持。升堂逮易簀，參倚日在斯。❸遺言落人間，取論極研幾。❹是心要收斂，中不容毫釐。大學著明法，格物乃階梯。放心苟不

---

❶「交」，隆慶本作「文」。

❷「之」，隆慶本作「移」。

❸「斯」，隆慶本作「兹」。

❹「論」，隆慶本作「諭」。

收，窮格將安爲。❶ 古人貴爲己，末習多外馳。豈無實踐者，兹焉當孰歸？❷ 晚生拜遺像，敷衽跪陳詞。願言服予膺，没齒終不渝。❸ 嘉定九年九月晦日。

韓無咎跋和靖先生論語解

和靖先生《論語解》，詞極簡嚴，將俾學者深味其旨，而有所自得也。乾道庚寅歲，元吉憂居上饒，遇先生門人王德修，問此書亡恙。且曰：「子異時官守，不刊行之耶？」元吉於是愧其言。會明年，行將官中都，度未可輯也，乃以舊年兄弟手所抄，❹付於故人趙德莊于建安，庶可成焉。昔和靖嘗云：「某從伊川先生學《易》時，❺伊川出《易傳》七十餘家，和靖茫然不知所入。伊川曰：『日觀一爻可也。』繼有所質問，伊川色莊而氣嚴，未嘗語也。或曰：『未也，姑求之。』已而意有所會，伊川始忻然爲之剖析諸傳而伸以己說，蓋終身不忘也。」故其誨人，亦欲如此。此書所以簡嚴者歟？某年某月，穎川韓元吉記。

---

❶「爲」，隆慶本作「施」。
❷「孰歸」，隆慶本作「反思」。
❸「終不渝」，隆慶本作「以爲期」。
❹「抄」下，隆慶本有「本」字。
❺「某」，隆慶本作「少」。

韓無咎跋和靖先生孟子解

和靖先生疾革，門人吕稽中、王時敏問遺表。先生曰：「焞受詔解《孟子》，未上，即遺表也。有第三篇及其某章皆未備，❶宜爲我足之。」稽中等泣曰：「先生經解，稽中輩安能足也？朝廷幸來取，但當以藁進爾。」先生顧而頷之，明日遂殁。元吉雖游先生之門，其病也不及見，而聞於時敏者如此。然先生既殁，是書藏于家，❷訖不果上也。近始傳而得之，語言嚴密，殆先生絶筆。❸其所謂未備者，亦可概見矣。而建安趙使君併與《論語解》刊於郡齋，因書其後，尚俾學者有攷云。乾道壬辰七月，穎川韓元吉謹題。

孫逢吉題和靖先生語録後❹

大觀中，和靖以布衣被言章，家居杜門，學行益高。靖康初，除「元祐之禁」，大臣交章論薦，始授「處士」。紹興以來，薦者益衆，遂除經筵。今以所付告詞、薦章附録于此。❺在靖康時，徽猷閣待制、樞密都承

---

❶「其」，隆慶本作「某篇」。
❷「家」上，隆慶本有「邢婿」二字。
❸「絶」，隆慶本作「之」。
❹「語録後」，隆慶本作「遺事」。
❺「付」，隆慶本作「得」。

旨折彦質薦，其畧曰：「西都士人淵藪，上下服其學行，足以繼横渠、伊川之後。」邵澤攝宣撫使日，又嘗薦以「行義純固，可爲師表」。特以未見全篇及其他諸公薦，他日尋訪，當備録云。❶

《和靖語録》凡數家，初欲盡刻之武陵學宫，❷而迫於終戍，力未之能，乃先刻《馮氏録》，而以臨川所刊先生墨迹與告詞、墓誌附見於其後。若祁氏、吕氏《録》，則有待於後之君子。淳熙戊戌三月辛丑，郡文學掾廬陵孫逢吉謹書。

晦庵跋和靖先生遺像及手書

河南尹君來自臨川，出示其大父和靖先生遺像及手書歐陽文忠公所作三《誌》，仰瞻不勝敬嘆。既撫其像，以藏于家，尹君又俾記于誌文之後。熹惟尹氏世德之盛，既得歐陽公之文以發揮之，而和靖手書唯謹，是亦足以傳世矣。孤愚晚學，何敢僭易，輒贊一詞？顧其請不已，乃别書幅紙，以附卷尾云。紹熙壬子十月二十九日，❸新安朱熹書。❹

---

❶「云」下，隆慶本有「孫逢吉題和静先生語録後」十一字。

❷「宫」，隆慶本、南圖本作「官」。

❸「九」，隆慶本作「五」。

❹「書」，隆慶本作「記」。

和靖尹先生祠附録

和靖尹先生祠堂記

夫誠，乾道也，進以健。夫敬，坤道也，止以順。敬，其誠之階乎？夫敬以直内，藏諸義也。義以方外，行吾敬也。敬，其義之門乎？是故心學之要端在乎是，而明道、伊川二先生之教，所爲喫緊者也。和靖尹先生不及見明道而獲事伊川，篤信終身，若事明神焉。夢寐炯炯，若龍之養珠焉。裒言損文，若歸根之木焉。蓋所以直諸其内者如此。及跡其隱顯常變之際，大義炳然，殆庶幾孟子所謂不能移、不能淫、不能屈焉者也。先生嘗曰：「收斂心身便是主一。」又曰：「某平生亦得一箇『魯』力。」信乎？魯故確確，故恒斂，故守守，故得也。昔者，吾夫子不得中行而與之，乃思狂狷。先生，其夫子之所思者歟？抑明道有言：「既得後，須放開。」又曰：「立於禮，便須知有得力處。成於樂，便須知有無所用力處。」蓋無所用其力，則敬忘矣。敬忘，則無不敬。而所謂誠者，斯其至矣！然則學者究先生之蘊，而默會明道之言，其斯善學先生者哉！

先生洛人，因其婿邢純而旅葬於越者四百年矣。太守莆田洪侯珠，始作祠像，仍其語而扁之曰「習堂」，曰「三畏齋」，曰「六有」，而復翼之以二小學，并刻其遺書曠典也。淵目擊而有感焉，於其請而起，敬書之如此。先生之墓久湮矣，祠成而墓出，先生之靈，侯之精誠也。偶然乎哉？嘉靖辛卯四月十五日，賜進士大中大夫、四川布政使司左參政後學臨海趙淵謹書。

古小學學記

國制，社必有學，古小學遺法也。有司概爲末務，率曠而弗舉。間舉焉，句讀爲業，則亦猶夫故耳。屬者明天子一新政令，特申飭府州縣，各立社學以端蒙養之教。繼有詔：「凡浮屠之居，有設而濫者，悉毀之歸于官，惟有司之所處。」甚盛典也。紹興郡守洪君珠，得廢寺於城南，因欲即其地以改建社學。謀于貳守孔君廷訓、通守洪君晳、節推李君逢，議以克合，乃上白于大巡瑞君廷赦。報曰：可。乃漸次繕理。前作大門，扁曰「古小學」，本其初也。内設祠宇，肖和靖尹先生像，示表勸也。祠之左扁曰「禮門」，右曰「義路」。祠後爲廳，扁曰「養正」。廣可容數百人，左右爲廊房，各數十楹，以處俊秀之有業次者。廳後爲堂，扁曰「游藝」，琴瑟簡編具焉。經始於往年十一月，落成於是年之四月。會稽尹王君文儒、山陰丞應君佐既皆協力於下，以訖此役，復徵言爲記。予惟童蒙之學，士君子最初用力之地，譬之道路然，引之而南則越，引之而北則燕矣。《易》：「蒙以養正，聖功也。」示人以重如此。故孟子命世大賢之資，猶有待於三遷之教而後定，矧世之後生小子乎？昔三代盛時，法制大備，遂有序，黨有庠，家有塾，擇民俊秀而肄習焉。教之灑掃、應對、進退，以嚴其節。教之禮、樂，教之射、御、書、數，以養其中和，以正其容體，而開發其聰明與。凡事親從兄，尊君敬上之義，亦必時舉而反覆告詔之，以沃其義理之良心，其於蒙養甚至也。及既長，乃復進之大學，擴其所未至，增益其所不能，使之日從事於道德，馴習之以歲月之久而須其成，以故教化洽而人材興焉。少稱有造，長曰有德。家有完行，國號多士。而在位者，皆羔羊之大夫。其起而履天下之任者，皆大聖大賢，爲純德君子。本末該而終始具，故其事業亦皆光明俊偉，可以揭宇宙而照暎方來。夫孰得而企焉？後世此學不講，士大夫無修身之素，少而狂悖，長方自悟。長或未悛，老始自艾。回視故步，有不勝愧恧者。亦或樹立在天下，文采表見於一時。然考之家庭鄉鄙之間，則尚多貶議。如寇萊公力扶社稷，功非不茂也，而少年或病於失檢。曾子固星斗文章，其述作炳炳可誦，顧質以行義，則未能無歉焉者，亦何以收圭璋之舉哉？此君子養素之爲貴，而小學之教，誠不得而缺也明矣！紹興爲古會稽郡，以文獻甲東南，登高科，稱賢宰輔者相望今昔。近日，童丱之俊，動以千計，可謂盛矣。然各教以塾師，有司漠不之省也。洪君甫下車即已留意於此，慮其涣無統紀也，擇人以總之。慮其群爲遊狎也，取古小学之法，立條格以示之。又慮其狃於淺陋也，朔、望則會講五禮，以聳環堵之觀，時復臨涖而誘奬之。翼翼濟濟，揖讓有容，渢渢乎絃誦之聲，其於文化也，美矣！至是復建此學，以爲統會之地，則作之愈勤，習之愈專，郡子弟有不勃然興起者乎？自此而益有修焉，豈無三代之人材出於其間乎？雖然蒙養固不可無教，然必捨其常，立異論以惑童子，其弊也將率而好怪。此歐陽之有懼於石公操也，其尚慎之哉！洪君字玉方，閩莆田人，少有志操。昔予督學南閩時，得其文，復察其人，甚器之。未幾，果舉進士，歷郎署爲今官。其爲政公平廉潔，介直不阿，聲績可最列郡。是役也，舉官爲費，惟恐勞及於民，是亦惠政之一端。即此，他可類推矣。乃爲記之。嘉靖九年歲次庚寅冬十月上澣之吉，賜進士出身、資善大夫、奉勑總督兩廣軍務兼理巡撫、都察院左都御史、太子少保、前兵部右侍郎、賜閒官東泉子姚鏌撰。

刻尹和靖文集後序

《尹和靖集》，集先生遺文，凡八卷，總若干言。或曰：「以言語文字行世，非先生意也。」珠曰：「先生之道，如青天白日。先生之言，如震雷驚霆。在時雖片簡隻字，人已不啻拱璧之藏，況後世乎？惜其存者如峋嶁之碑，岐陽之鼓矣。夫道在天地間，古今如一，有而非無也，實而非虛也，至常而非怪，至近而非高遠，而難行也。初何嘗有病，人惟不反諸我之身，而求諸人之言，道斯病矣。先生學聖人之學者也，嘗言：『聖人遺經，雖以講解而傳，亦以講解而陋。』又曰：『學貴於力行，不貴空言。』故其用功汲汲焉，以玩味、涵養、踐履爲實地，而持以『主敬』之一言，卒能獨造明誠，窮理至命，篤實光輝，久而益密。說者謂先生『歷險難之極而不變，處貴顯之驟而不動，抱仁履義終其身而不悔』，其不然乎哉？朱子曰：『尹和靖在程門直是十分鈍底，被他只就一箇「敬」字做工夫，終做得成。』斯確論也。先生没，去今四百餘年，罕有能傳其學者。而麗辭詭行之徒，方且樹奇命怪以立敵，則先生之道荒矣。珠故因先生祠成，廼裒拾其文集梓之祠中，庶幾登先生之堂者，讀先生之文，悟先生之道，如親見先生焉。其於越後學，未必無萬分中之一助云。」

嘉靖庚寅九月九日，後學莆田西淙洪珠書于越郡之清省堂。

附録　尹焞文集序跋

隆慶本蔡國熙尹和静先生文集序

昔者孔子既殁，惟曾氏之傳得其宗。程夫子亡，惟和静先生之學不失其正。蓋參也魯，竟以魯得之。程子亦云「魯者終有守」，謂先生也。先生之學，篤於踐行，不爲虚語，未嘗求人之知，人亦莫能窺其所藴也。至於「歷險難之極而不變，處貴顯之驟而不動心，抱仁履義終其身而不悔」，非有守，能若是乎？先生晚年，常寓於吴之虎丘西菴，扁其齋曰「三畏」，後人即所寓爲祠以奉焉。宋憲使王公浵刊先生《壁帖》及《語録》置祠下。憲使林公介復刊先生《文集》，有《年譜》一卷，《奏劄》一卷，《詩文壁帖》一卷，《附集》一卷。千載而下，誦先生之遺文若親覩先生之踐履。觀其言語文字，粹然一出於正，而夷險順逆之遇，確然不易其守。蓋先生誠明之學，實有淵源，直方之行，動應規矩，持敬不倦，老而彌篤，有足徵焉。當是時，程子之門從游之士多閎博俊偉，極天下之選，而於先生獨稱其「魯」，信其有守而卒不誣於方將之行，其察之審矣。先生之學，其自得處固難測其涯涘，然其真修實詣，庶幾乎孔門之曾子哉！孔子有云：「文，莫吾猶人也。躬行君子，未之有得。」如先生者，非躬行之君子歟？又曰：「有德者必有言。」如先生之文，非有德之言歟？某之景慕先生，蓋有日矣。兹幸承乏吴郡，獲瞻遺容於虎丘之祠，稍爲脩飭，歲時致祀。竊願與吴中人士共效先生之篤行，而未敢忘先生之格言也，廼次第其《文集》而翻刻之，輒序於首，昭示後學，俾學者咸知所重云。

隆慶己巳夏五月之吉，知蘇州府事、後學蔡國熙謹序。

隆慶本王涔壁帖跋

和静先生晚遇明主，服在論思。未幾告老，前後三四年間，手書聖賢格言，寘于座隅。時已從心，而警勵猶若此，後之學者其可不自加勉於持守之功哉？前貳車丁焴，以先生嘗寓居於虎丘西菴，既創祠于山北；憲使柴中行以寄莀在下，復還于三畏齋之左。涔將指此來，遷役甫畢，因得臨川墨本于同志黄士毅，遂囑長洲縣丞趙崇佖鐫石祠間。學者苟能拜先生之巍像，覩先生之遺墨，以求先生之用心而實踐於己，庶幾不負創祠之意云。

嘉定九年八月中澣，襄陽王涔謹書。

隆慶本黄士毅壁帖跋

士毅三復此帖，又因朱子、張子之言而思之，益信夫學在存心，而存之之功惟貴乎密，愈密則罅隙愈微，而不存者斯寡矣。故昔聖人嚴爲之術，至於銘牖書紳，欲目擊心思而常警其忽忘也。是則先生日書格言至論粘于屋壁之意，而學者於此當知所以用力者矣。敢識臆見于末，以與同志共講焉。

嘉定丙子九月旦日，莆田黄士毅謹書。

隆慶本劉承跋

和静先生之祠創于嘉定甲戌，遷于丙子，黄勉齋榦、黄壺山士毅二《記》可考。憲使王公涔刊先生《壁帖》及《語録》置祠下。越十年，憲使林公介復刊《文集》。又十年，庾使曹公豳始請之朝，建書院。又二十年，承以朝旨來爲山長，訪求《語録》、《文集》，則藏之庾司□□，遂稟庾使孫公子秀，歸板于書院。暇日考之，訛舛頗多，亟命職負校正，鋟補五百餘字，因增入黄壺山《遷祠記》、劉漫塘《書院記》。而林公介《跋》語謂王右使棐創祠刊《語録》，與《記》文皆不合。《集》中載孫公逢吉《跋》既云未見全篇，又云祁氏、吕氏《録》有待於後，則與今之全書不類，徒啓學者之惑，皆删之。惟黄壺山既用《伊川年譜》例集爲先生《年譜》矣，而《文集》又别載《年譜》，歲月爲詳，姑兩存以備參考。所在書院皆有圖志，此獨缺文，方謀纂集以繼二書之後云。

景定改元，上章涒灘，仲皐後學朴溪劉承謹題。

丁丙跋明刻本

《尹和靖先生文集》六卷，明刊本，怡府藏書。

宋尹焞撰。焞字彦明，少孤，奉母陳氏以居。應進士舉，策問「議誅元祐黨人」，不對而出。告於程夫子曰：「吾不復應舉。」程曰：「子有母在。」歸以告母，母曰：「吾知汝爲善養，不必禄養。」於是不復就舉。靖康元年，授「和靖處士」。金陷洛陽，全家死於賊，惟處士死而復甦，竄長安山中。劉豫僭位，思以繫天下望，使其僞師來招，乃逃渡渭。紹興五年，召爲左宣教郎、崇政殿説書。八年，除太常少卿、禮部侍郎兼侍講。九年，使以待制提舉江州太平觀。後致仕，殁於越，葬會稽山。嘗於紹興八年上劄子陳止講和，又有切責秦檜一書，皆載集中。嘉靖庚寅，莆田洪珠牧會稽，建祠，梓其文爲八卷。《附録》所本，當嘉靖以前所刊。首《年譜》，次奏劄、詩、文，爲四卷。再繼以《壁帖》一卷，乃後人録其黏壁自警之文。又《師説》一卷，則其門人王時敏所編也。有明善堂珍藏書畫印記、安樂堂藏書記。

天啓本王洽刻尹和靖先生文集序

和靖先生汴人而蜕於越，子孫蒸嘗，學士宗仰，不啻鄒、魯於孔、孟，河、閩於程、朱也。先是守越者闢古小學，塑先生遺像其中，俾見者興起，因以時講習弦誦而録其遺文，用存口授。余承乏兩浙，汛時首隆瞻謁，叩先生徙越始末及墳墓興廢，像教明晦。求遺文，出諸裔孫懋中，得竟讀焉，約二三十簡，又半述聖賢成語。然則先生之學主於躬行，而不以語言文字中標解脱争鞶帨也明矣！朱晦翁嘗稱先生「只就『敬』字做工夫，終被他做得成」。真儒學問原有主惱，所遺文采闇如，而一種篤實輝光之致隱隱提醒人。冏卿劉公宗周、廷評王公應遴，皆越中理學名達，相與搜廣訂正，付梓以惠來學。余序之曰：斯道如日月經天，無有住處。如以住處偶生宗仰，便似以隙延照，遂以所照爲道本。然孔門説敬，原是直指，先生於中有所得力。敬在各人，惺惺無昧，是即先生隨人設教於越，非住各處亦然。梓集之意，有同鏤影。容光必照，文乃在茲。既新厥構，并勒斯序。墓祠千秋，與集同永。

賜進士出身、奉勑提督軍務、巡撫浙江等處地方、都察院右僉都御史臨淄王洽頓首撰。

天啓本劉宗周重刻尹和靖先生文集

孔孟既没，傳聖人之道者，濂、洛諸君子也。而程氏之門，獨得其傳者，和靖尹先生也。夫先生何以傳聖人之道？聖人之道，即聖人之心是已。堯、舜之兢業，禹之祗承，湯之日躋，文、武之緝熙執兢，皆聖人之心法也。是心也，仲尼傳之子思子以作《中庸》，則曰：「君子戒慎乎其所不覩，恐懼乎其所不聞。」而約之曰「慎獨」，遂爲萬世傳心的旨。道之不明也，小人之中庸，小人而無忌憚也。異端曲學、邪説暴行克塞仁義，至於率獸食人，人將相食，皆此無忌憚之心爲之而敝也久矣！後千餘年，河南程氏兩夫子繼濂溪氏作，直遡孔門心法，以一「敬」爲入德之方，廓除蓁莽，使聖道復明於世。及其門者，首稱四先生，晚年更得先生與張思叔云。今試論之，兩程子道大而詣高，門弟子各以質之所近爲學。如上蔡、定夫、中立，諸君子皆高才敏悟，出入師説，不免或雜於禪。中立出處一節，終費解説。思叔早世，亦未見所至。惟先生獨自附於古之魯者，以一「敬」做成。自動静語默，推之出處去就，死生之際，無不粹然，一出於正。而程叔子亦遂稱之曰：「我死而不失其正者，尹氏子也。」其期許之至矣。其後乾道、淳熙間，言程氏之學者，多推本先生之旨，而中立不與焉。則先生之度越諸子，得統於程門信矣！遺文若干卷。其手著者爲「壁帖」，凡數百條。其他緒言爲門人所記者曰「師説」。而其上朝廷劄子，僅以明出處之概，非其至者。合之，凡以發揮一「敬」字止耳。此一「敬」字，亦本無多説，故著述特簡如此。及讀先生「壁帖」，又多舉古人成説，録以自警，亦不輕下一轉語。自有宋儒「語録」以來，絶無此風味，乃知先生本無事於著述也。先生所至，闢「三畏齋」以居，而「壁帖」即其齋中物。居恒誦言之，曰：「畏天命，畏大人，畏聖人之言。」嚴乎！此之謂傳聖人之心，以傳聖人之道也，學者幸無以著述求之。先生汴人，隨宋南渡，告老終於越，世祀郡城之古小學。舊《集》刻於前太守洪西淙公，逾百年，浸失其傳。會今撫臺葱嶽王公祖行部至越，首訪先生俎豆所寄，已就圮，亟捐俸令有司新之，且重刻其遺文以惠多士。余不敏，竊嘗向往先生之學，因搜得舊本，稍加詮次，付之梓人，以副王公之志，而僭引其端如此。較讎者，友人廷評王君應遴。嗚呼！王公之刻是編也，蓋亦有感於後之學者不善於求心，而卒流爲小人之無忌憚，故借先生以坊乎？則衛道之功，於是乎大矣！

旹天啓歲在甲子冬月旦，山陰後學劉宗周啓東甫頓首撰。

正誼堂本張伯行序

二程多躬行實踐之弟子，尹肅公在伊川先生門尤爲領袖。朱子謂其十分鈍，「惟持一『敬』字工夫，終底於成」。信哉！迹其始也，以主「敬」爲學。迨其後議謚曰「肅」，則「敬」之名實不昭然於天下後世哉！《易》曰：「敬以直内。」夫子曰：「修己以敬。」而示顔淵以克復之目，惟視、聽、言、動之四勿。聖賢以「敬」爲心法，必履薄臨深，兢兢無閒，乃可以遏人欲而存天理。彼夫怠則肆，肆則昧昧然，而大遠於君子矣。故處焉而倫紀之多乖，出焉而民社之遺害甚矣！「敬」與「不敬」，人道得失之所由分也。公年十八，伊川先生授

《大學》、《西銘》，又令看「敬」字。其明年，不對「誅元祐黨籍」之策，歸而告於師，白於母。迄以「善養」承母歡，以學《易》體師訓，求在内而不求諸外。越三十餘年，而有靖康大臣之薦。公詣闕，力辭，詔賜「和靖處士」。還山又數載，而廷臣交章，召以崇政説書，强起趨朝。每赴講，先夕沐浴更衣，陳所講之書於案上，朝服再拜，齋於燕室，謂：「必欲以所言感悟君父，安得不敬？」進所解《論語》。又上疏切諫和議，忤秦檜。雖朝廷眷遇彌優，洊加奉常、少宗伯、侍講，而公秉難進易退之節，終始辭榮，予告而卒。嗚呼！公真不負所學矣。「富貴不能淫，貧賤不能移，威武不能屈」，公生平可謂兼之。至今讀其《年譜》，誦其奏對，非純於主「敬」者而能如是乎？予服膺公之一於主「敬」也，爲校訂原《集》而重鐫之。庶幾學者有入德之津梁，從伊川而溯洙、泗，藉以自勉其鈍質，而厚望於士林之共勉云爾。

康熙戊子冬吉旦，儀封後學張伯行謹譔於榕城正誼堂。

「《儒藏》精華編選刊」選目

經部

周易鄭注
漢魏二十一家易注
周易注
周易正義
周易口義（與《洪範口義》合册）*
温公易説（與《司馬氏書儀》《孝經注解》《家範》合册）
漢上易傳
誠齋先生易傳
易學啓蒙
周易本義
楊氏易傳
易學啓蒙通釋
周易本義附録纂注
周易啓蒙翼傳
易纂言
周易本義通釋
易經蒙引
周易述
周易述補（江藩）（與李林松《周易述補》合册）
周易述補（李林松）
易漢學
御纂周易折中
周易虞氏義
雕菰樓易學
周易集解纂疏
周易姚氏學
尚書正義（全二册）
鄭氏古文尚書
洪範口義
書傳（與《書疑》《尚書表注》合册）
書疑
尚書表注
書纂言
尚書全解（全二册）
尚書要義

讀書叢説
書傳大全（全二册）
古文尚書攷（與《九經古義》合册）
尚書集注音疏（全二册）
尚書後案
毛詩注疏
詩本義
吕氏家塾讀詩記
慈湖詩傳
詩經世本古義（全四册）
毛詩稽古編
毛詩説
毛詩後箋（全二册）
詩毛氏傳疏（全三册）
詩三家義集疏（全三册）
儀禮注疏

儀禮集釋（全二册）
儀禮圖
儀禮鄭註句讀
儀禮章句
儀禮正義（全六册）
禮記正義
禮記集説（衛湜）
禮記集説（陳澔）（全二册）
禮記集解
禮書
五禮通考
禮經釋例
禮經學
司馬氏書儀
春秋左傳正義（全五册）
左氏傳説

左氏傳續説
左傳杜解補正
春秋左氏傳賈服注輯述
春秋左氏傳舊注疏證（全四册）
春秋左傳讀（全二册）
公羊義疏
春秋穀梁傳注疏
春秋集傳纂例
春秋權衡（與《七經小傳》合册）
春秋集注
春秋經解
春秋胡氏傳
春秋尊王發微（與《孫明復先生小集》合册）
春秋本義
春秋集傳

春秋集傳大全（全三册）
孝經注解
孝經大全
白虎通德論
七經小傳
九經古義
經典釋文
群經平議（全二册）
新學僞經考
論語集解（正平版）
論語義疏
論語注疏
論語全解
論語學案
孟子注疏
孟子正義（全二册）

四書集編（全二册）
四書纂疏（全三册）
四書集註大全（全三册）
四書蒙引（全二册）
四書近指
四書訓義
四書賸言
四書改錯
四書説
廣雅疏證（全三册）
説文解字注

史　部

逸周書
國語正義（全二册）
貞觀政要

歷代名臣奏議
御選明臣奏議（全二册）
孔子編年
孟子編年
陳文節公年譜
慈湖先生年譜
宋名臣言行録
伊洛淵源録
道命録
考亭淵源録
道南源委
聖學宗傳
元儒考略
理學宗傳
明儒學案
宋元學案

四先生年譜
洛學編
儒林宗派
程子年譜
學統
伊洛淵源續録
豫章先賢九家年譜
閩中理學淵源考(全三册)
清儒學案
經義考
文史通義

子　部

孔子家語(與《曾子注释》合册)
曾子注釋
孔叢子

新書
鹽鐵論
新序
説苑
太玄經
論衡
昌言
傅子
大學衍義
大學衍義補
朱子語類
龜山先生語録
胡子知言(與《五峰集》合册)
木鐘集
西山先生真文忠公讀書記
性理大全書(全四册)

居業録
困知記
思辨録輯要
家範
小學集註
曾文正公家訓
勸學篇
仁學
習學記言序目
日知録集釋(全三册)

集　部

蔡中郎集
李文公集
孫明復先生小集
直講李先生文集

歐陽脩全集
伊川擊壤集
元公周先生濂溪集
張載全集
温國文正公文集
公是集（全二册）
游定夫先生集
和靖尹先生文集
豫章羅先生文集
梁溪先生文集
斐然集（全二册）
五峰集
文定集
渭南文集
誠齋集（全四册）
晦庵先生朱文公文集

東萊吕太史集
止齋先生文集
攻媿先生文集
象山先生全集（全二册）
陳亮集（全二册）
絜齋集
文山先生文集（全二册）
勉齋先生黄文肅公文集
北溪先生大全文集（全二册）
西山先生真文忠公文集
鶴山先生大全文集
閑閑老人滏水文集
郝文忠公陵川文集
仁山金先生文集
静修劉先生文集
雲峰胡先生文集

許白雲先生文集
吴文正集（全三册）
道園學古録　道園遺稿
師山先生文集
曹月川先生遺書
康齋先生文集
敬齋集
涇野先生文集（全三册）
重鐫心齋王先生全集
雙江聶先生文集
歐陽南野先生文集（全二册）
念菴羅先生文集（全二册）
正學堂稿
敬和堂集
涇皋藏稿
馮少墟集

高子遺書
劉蕺山先生集（全二册）
霜紅龕集（全二册）
南雷文定
桴亭先生文集
西河文集（全六册）
曝書亭集
三魚堂文集外集
紀文達公遺集
考槃集文録
復初齋文集
述學
揅經室集（全三册）
劉禮部集
籀廎述林
左盦集

出土文獻

郭店楚墓竹簡十二種校釋
上海博物館藏楚竹書十九種校釋（全二册）
秦漢簡帛木牘十種校釋
武威漢簡儀禮校釋

*合册及分册信息僅限已出版文獻。